34	Kettenbrücke	45	Kniende Venus	i	Information
35	Betplatz des Eremiten	46	Pantheon		Post
36	Luisenklippe	47	Rotes Wallwachhaus	WC	Öffentliche Toiletten
37	Venustempel	48	Brücke aus geteiltem Eichenstamm	WC	Behindertengerechte Toilette
38	Hohe Brücke	49	Piemonteser Bauernhaus	P	Parkplatz
39	Monument	50	Sonnenbrücke	P	Fahrradstand
40	Goldene Urne	51	Eiserne Brücke		
41	Wachhaus zum Pferde	52	Villa Hamilton		
42	Dornenauszieher	53	Grotte der Egeria		
43	Schwimmbrücke	54	Domäne		
44	Wurzelhaus	55	Ehem. Gasthof Zum Eichenkranz		

Das Gartenreich
Dessau - Wörlitz

Ein Reiseführer

Venustempel in den Wörlitzer Anlagen

Das Gartenreich Dessau - Wörlitz

Ein Reiseführer

herausgegeben von Thomas Weiss

Reinhard Alex

Harri Günther

Erhard Hirsch

Frank Kreißler

Uwe Quilitzsch

Wolfgang Savelsberg

Beate Schröter

Ludwig Trauzettel

Gotthard Voß

Thomas Weiss

L&H Verlag

DANKSAGUNG DES VERLAGS:
Dr. Markus Amann, Uwe Quilitzsch und Dr. Thomas Weiss gewidmet. Ohne ihr Engagement wäre dieser Reiseführer nicht entstanden. Unser Dank auch an alle Autoren.
Und an das Unternehmen, das durch finanzielle Unterstützung den niedrigen Verkaufspreis dieses Reiseführers ermöglicht hat: Bayer.

AUTOREN:
Dr. Reinhard Alex, Kulturstiftung DessauWörlitz; Dr. Harri Günther, Potsdam; Prof. Dr. Erhard Hirsch, Martin-Luther-Universität Halle-Wittenberg ; Frank Kreißler, Stadtarchiv Dessau; Uwe Quilitzsch, Kulturstiftung DessauWörlitz; Dr. Wolfgang Savelsberg,, Kulturstiftung DessauWörlitz; Beate Schröter, Wörlitz-Information; Dipl.-Ing. Ludwig Trauzettel, Kulturstiftung DessauWörlitz, Oranienbaum, Luisium; Dipl.-Ing. Gotthard Voß, Landesamt für Denkmalpflege, Halle; Dr. Thomas Weiss, Kulturstiftung DessauWörlitz.

FOTOS:
Archiv Kulturstiftung DessauWörlitz (Seiten: 18, 30, 60, 88, 95, 120, 131, 133, 135, 136, 145); Uwe Kettmann / Uwe Quilitzsch, Wörlitz (Seiten: 22, 25, 26, 29, 32, 34, 35, 37, 38,40, 41, 42, 44, 45, 47, 50, 53, 54, 56, 60, 62, 68, 70, 78, 85, 109, 116); Christian v. Alvensleben (Seiten: 2, 6, 166, 167); Erhard Hirsch (Seiten: 13, 143); Anhaltische Gemäldegalerie Dessau (129); Stadtarchiv Dessau (Seiten: 100, 138); Germanisches Nationalmuseum Nürnberg (Seite: 10)

Die Deutsche Bibliothek – CIP-Einheitsaufnahme

Das **Gartenreich Dessau-Wörlitz :** ein Reiseführer / hrsg. von Thomas Weiss. Reinhard Alex ... - . 2. Aufl. – Hamburg : L-und-H Verl., 1998
ISBN 3-928119-42-7

Baumwall 5, D-20459 Hamburg
Telefon 040/36 97 72 45, Fax 040/36 97 72 60

Konzept, Koordination, Redaktion: Wolfgang Henkel
Assistenz: Tatjana Ceynowa, beide L&H VERLAG, Hamburg
Gestaltung: Klammt | Köhnemann und L&H VERLAG, Hamburg
Karten: L&H VERLAG / kontur Berlin
Druck, Verarbeitung: C. H. Wäser Offset GmbH, Bad Segeberg

Printed in Germany, 2. Auflage 1998, ISBN 3-928119-42-7

VORREDE 7

IDEE UND ENTSTEHUNG DES GARTENREICHES 11

WÖRLITZER ANLAGEN 23
Ein Traum wurde geschaffen
Entwicklungsgeschichte und Einteilung des Gartens
Der Gang durch die Anlagen

ORANIENBAUM 63
Ein barockes Gesamtkunstwerk

SIEGLITZER PARK 71
Ein Waldpark an der Elbe

LUISIUM 79
Ein intimer Spaziergang

MOSIGKAU 89
Ein Ausflug in die Vergangenheit

GEORGIUM 101
Ein weitläufiger Landschaftsgarten

GROSSKÜHNAU 117
Ein Weinberg in der Elbaue

„GOTT ERBAUTE ER KIRCHEN ...“ 121

STADTGESCHICHTE DESSAU UND WÖRLITZ 139
Umgebung von Dessau und Wörlitz

NACHWORT 146

REGISTER 162

REISEVORSCHLÄGE 149
Anfahrt, Unterkunft, Essen und Trinken, Ausflüge

TIPS UND TERMINE 155
Führungen, Öffnungszeiten, Literaturhinweise

Wörlitzer See mit Landhaus (Schloß)

In der zweiten Hälfte des 18. Jahrhunderts entstand unter der Regierung des Fürsten Leopold III. Friedrich Franz von Anhalt-Dessau (1740–1817) das von Zeitgenossen mit großer Begeisterung aufgenommene, heute sogenannte Dessau-Wörlitzer Gartenreich. Es erstreckt sich geographisch etwa von Großkühnau im Westen bis nach Rehsen im Osten. Im Norden ist das Gebiet von der Elbe und im Südwesten durch die Mosigkauer sowie im Südosten durch die Oranienbaumer Heide natürlich begrenzt.

Dieser heute noch in wesentlichen Teilen erhaltene, in manchen Partien leider nur noch erahnbare, reich differenzierte Gestaltungskomplex von europäischem Rang ist eingebettet in die Auenlandschaft der mittleren Elbe und der unteren Mulde, einer Gegend, die vornehmlich in der Saalekaltzeit vor über 10 000 Jahren geformt wurde. Als Charakteristikum dieser einzigartigen Naturlandschaft gelten die Nebenarme, Mäander und die verlandenden Altwasserarme, die bis heute größtenteils die berühmten „Gartenbilder" in der Öffentlichkeit prägen.

Mit der Übernahme der Regierung am 20. Oktober 1758 (während des Siebenjährigen Krieges) begann der achtzehnjährige Fürst innerhalb der engen Grenzen seines Duodezfürstentums alle wichtigen Bereiche des öffentlichen Lebens grundlegend und zügig umzugestalten. Gemäß dem Grundsatz des von ihm bewunderten römischen Dichters Horaz, das Schöne mit dem Nützlichen (dulce utili) zu verbinden, arbeitete er konsequent daran, sein ganzheitliches Weltbild zu verwirklichen. Seine ausgeprägte Leidenschaft für die englische Lebensart, insbesondere für die dortige Architektur und Landschaftskunde, die er und seine Begleiter während der ersten Bildungsreise in den Jahren 1763/64 kennen und schätzen lernten, formten seine individuellen Visionen von einer Kulturlandschaft in Anhalt-Dessau maßgeblich. Daneben sind Italien und Holland gleichwohl bedeutend, wobei das Interesse des Fürsten für das Letztgenannte vor allem durch die oranische Familientradition bestimmt ist.

Ungefähr in einem halben Jahrhundert entwickelte sich so ein in seiner kulturhistorischen Dimension einzigartiger Garten der Aufklärung, der als frühester und größter Landschaftsgarten nach englischem Muster auf dem europäischen Kontinent eine Enzyklopädie des deutschen und internationalen Geisteslebens darstellt. Die bedeutendsten Gelehrten des Jahrhunderts, unter ihnen Johann Wolfgang von Goethe, Georg Forster, Alexander von Humboldt, Johann Caspar Lavater, Jean-Jacques Rousseau und Johann Joachim Winckelmann, um nur einige zu nennen, fühlten sich von diesem „Garten für Menschen" (Johann Friedrich Abegg, Reisetagebuch 1798) angezogen und inspiriert.

Das englische Landhaus von Wörlitz, das Fürst Franz von seinem Freund und Architekten Friedrich Wilhelm von Erdmannsdorff (1736–1800) zwischen 1769 und 1773 anstelle des barocken Jagdschlosses in klassizistischem Stil errichten ließ, und die das Haus umgebenden Neuen Anlagen bilden ohne Zweifel das Zentrum des Gesamtkunstwerks. Daneben durchziehen ein ganzes Netz von historischen Wegverbindungen und Gestaltungsrudimenten, Baudenkmalen nach antiken oder gotischen Vorbildern, von Alleen, von Wohn- und Ökonomiegebäuden, von Statuen und Gedenksteinen diese Region. Die gelungene Verbindung von Ökologie und Ökonomie, die gewollte Einheit von Natur und Kunst, ließ beispielsweise den Haupterwerbszweig des Landes, die an englische Vorbilder angelehnte Landwirtschaft, vollständig neu strukturiert entstehen. Dabei dürfte auch Vergils Lehrgedicht über das Landleben (Georgica), die Lieblingslektüre der Briten im 18. Jahrhundert, inspirierend auf den Fürsten gewirkt haben: „Ältere Ulmen verpflanzte der Greis noch in Reihen, zähesten Birnbaum und Schwarzdorn, gepfropft, mit Pflaumen schon prangend, und Platanen, ..."

Die starke Ausstrahlung, die das Gartenreich Dessau-Wörlitz im ausgehenden 18. Jahrhundert besaß und vielerorts zur Nachahmung anregte, ist seitdem bis in unsere Tage ungebrochen. „Wörlitz ist keine lokale Größe, nicht einmal nur eine deutsche, es ist eine europäische, eine Weltangelegenheit ...", schrieb im Jahr 1925 der Kunsthistoriker Wilhelm van Kempen, und demgemäß besichtigen Hunderttausende mit steigender Tendenz jährlich die Region an Elbe und Mulde.

Neben zahlreichen praktischen Hinweisen, die der vorliegende Führer dem Besucher bietet, stellt er zum ersten Mal die gesamte Dessau-Wörlitzer Kulturlandschaft im Überblick dar. Vor allem will er mit dazu beitragen, die bislang vermeintlich unbedeutenden, weil abseits der Hauptziele gelegenen Denkmalbereiche besser kennenzulernen. Nur so ist der Wert des Gartenreichs in allen seinen

Facetten nachvollziehbar. Gleichfalls soll dieses Buch um Verständnis werben für die vielfältigen Probleme im Zusammenhang mit der dringend notwendigen, fachgerechten Pflege und der behutsamen, zeitintensiven Rekonstruktion verlorengegangener Gartenpartien des Denkmalensembles. Der Führer will aber nicht zuletzt auch das Bewußtsein stärken, daß der Rückgriff in die Vergangenheit hauptsächlich das Ziel hat, dort etwas von dem wiederzuentdecken, was in der Gegenwart fehlt und was in der Zukunft vielleicht in modifizierter, richtungsweisender Form neu entstehen soll. Die erneuernden und zukunftsorientierten Kräfte dieser wohl frühesten Landeskultivierungsmaßnahme Mitteleuropas und vor allem die dort innewohnende Energie anhand dieses Buches für sich selbst produktiv zu erschließen, bleibt für jeden die individuelle Herausforderung.

Basierend auf den neuen Erkenntnissen der beiden letzten Jahre und angesichts der Fortschritte in der Bau- und Gartendenkmalpflege wurde die 2. Auflage gegenüber der ersten an einigen Stellen überarbeitet. Diese notwendigen Korrekturen gingen Hand in Hand mit der Erweiterung des Inhalts um zwei wesentliche Kapitel.

Der durch denkmalpflegerische Maßnahmen endlich wieder erlebbare Park am Sieglitzer Berg ist als gartenhistorisch bedeutsames Verbindungsglied zwischen Dessau und Wörlitz zum ersten Mal in einem Reiseführer mit Text und eigenem Plan aufgenommen. Ebenfalls neu ist das spezielle Kapitel über die zahlreichen Kirchen im Gartenreich, deren markante Turmspitzen dem Besucher zur besseren Orientierung dienen und die teilweise inzwischen zugänglich durch ihre geschmackvolle Innenraumgestaltung jeden faszinieren.

Der Lageplan der am meisten frequentierten Wörlitzer Anlagen mit einem durch zahlreiche Brücken und Höhenunterschiede geprägten Wegenetz ist jetzt mit entsprechenden Piktogrammen versehen, damit künftig Besucher mit Rollstühlen oder Kinderwagen rechtzeitig ihre gewünschte Route richtig einschätzen können. Gewiß kann auch dadurch dieser Führer gute Dienste leisten, wie das im Anhang neu aufgenommene Register ein Gewinn ist und der leichteren Handhabung bei der Lektüre dient.

Thomas Weiss, Direktor der Kulturstiftung DessauWörlitz
Großkühnau 1998

Leopold III. Friedrich Franz v. Anhalt-Dessau (1740–1817), A. Maron, um 1766

IDEE UND ENTSTEHUNG DES GARTENREICHES

Ein wohladministriertes und zugleich äußerlich geschmücktes Land, eine schöne, durch Kunst verherrlichte Gegend.
Goethe

Es ist eigentlich durch den regierenden Fürsten selbst, daß sich dieses Ländchen zu der Stufe von Wohlstand und Kultur erhoben hat", schrieb 1800 ein reisender Holländer, und die Zahl der sich noch exaltierter äußernden aufgeklärten Zeitgenossen ist Legion, die „das schönste Land des Reiches" priesen wie Fürst von Ligne, oder Goethe, der hier wie alle Aufklärer im pädagogischen Dessau die „pädagogische Provinz" des Zeitalters verwirklicht fand: Ein **MUSEUM DER WELTKULTUR** war in der langen Regierungszeit (fast 60 Jahre) des Fürsten Leopold III. Friedrich Franz von Anhalt-Dessau (Regierungsantritt 1758) entstanden, den das Volk dankbar den Vater Franz nannte. Man pries das Eden des Fürsten von Dessau, das Elysium (Goethe und Matthisson), das irdische Paradies (Weltreisende wie Forster und Humboldt, aber auch der Berliner Revolutionssympathisant Riem), und der selbst gärtnernde Fürst von Ligne rief seinen Zeitgenossen zu: „Gärtner, Maler, Philosophen, Dichter – geht nach Wörlitz", wo die europäische Gartenkunst gipfele in den „Tempeln des Geschmacks und der Wohltätigkeit" und man echtes Gestalten der Humanität lerne: Die Gartenkunst als höchste der Künste, die Franz zum Höhepunkt geführt habe, auf die alle Entwicklung hinauslaufe.

Wer war dieser Mann und wie kam es zu diesem Gipfel eines Gesamtkunstwerks, das Wieland die „Zierde und den Inbegriff des 18. Jahrhunderts" genannt hat? Der revolutionäre süddeutsche Publizist Wekhrlin akkompagniert ihn: „Was für ein anziehender Ort ist dieses Dessau. Nirgends findet man den Mittelpunkt des Einfachen und des Erhabenen so sehr. Niemals haben sich Philosophie und Künste in einem kleinern Ort vereinigt. Vielleicht gibt es auf der kultivirten Erde keinen Flek, welcher den Blik des denkenden und empfindsamen Reisenden so sehr verdient, welcher die Einbildungskraft mehr beschäftigt und so viel Gegenstände der Bewunderung enthält."

Warum sind dieser Mann und sein imponierendes Werk heute nahezu vergessen, worin bestanden die aufklärerischen Leistungen des Dessau-Wörlitzer Kulturkreises, der bewußt von der preußisch-deutschen Geschichtsschreibung totgeschwiegen wurde, schon weil sein Premierminister Georg Heinrich von Berenhorst, der einst im Stabe Friedrichs II. die Gefallenenregister geführt hatte, in seinen „Betrachtungen über die Kriegskunst" die menschenverachtende Kriegsführung des „Großen, des Einzigen" schonungslos an den Pranger gestellt und ihn den „Totengräber" genannt hatte? Der junge Prinz aus „kriegerischem Hause" (Winckelmann) sollte wie seine Vorfahren und Verwandten (der Alte Dessauer war sein Großvater) ein Feldmarschall zu Preußens Gloria werden, wozu er auch alle Anlagen zu haben schien. Aber schon vor den Mauern von Prag 1757 ließ er durch seinen Vormund Fürst Dietrich – die Eltern hatte er als Elfjähriger verloren – seinen Abschied betreiben, um zum Wohl seines Landes zu studieren. Gleich nach dem Hubertusburger Frieden bereiste er mit seinem Herzensfreund, dem jungen sächsischen Adligen Friedrich Wilhelm von Erdmannsdorff, das Land seiner Sehnsüchte, das wirtschaftlich vorangeschrittene England, das ihn noch dreimal wiedersah, und hatte dann in halbjährigem Direktstudium bei Winckelmann in Rom und Italien die kostbaren Hinterlassenschaften der Antike kennengelernt,

Pompeji besucht und den Vesuv erstiegen. Winckelmanns Nachahmungstheorie der Alten (1755) blieb bis an sein Ende eine Leitlinie seines künstlerischen Wollens.

Friedrich W. v. Erdmannsdorff (1736–1800), Roßmäsler, 1801, nach J.F.A. Tischbein, 1795

Aber zunächst galt es, in seinem Reformprogramm, das die Aufklärer an dem Friedensfürsten so bewunderten, der durch Friedrichs Kriege vermehrten Armut Herr zu werden und der Unbildung und den daraus erwachsenden Vorurteilen zu Leibe zu rücken. Das Armenproblem wurde durch ein hervorragend organisiertes Armenwesen (Erdmannsdorffs erster Großbau war das Armen- und Arbeitshaus 1766, 1945 ausgebrannt, 1958 gesprengt) gelöst, das unentgeltliche gesundheitliche Betreuung einschloß. Anhalt-Dessaus soziale Reformen und sein Gesundheitswesen wurden vorbildlich, im Endeffekt war es das erste Land, das die Jennersche Kuhpockenimpfung gesetzlich einführte, nachdem die Blatternimpfung bereits für die Aufnahme am Philanthropin Pflicht geworden war.

Den größten Ruhm als Schulverbesserer errang Franz durch die Berufung des verketzerten Johann Bernhard Basedow (1724–1790) 1771 und die Eröffnung der Musterschule der Aufklärung, des Philanthropins (1774), der Schule der Menschenfreundlichkeit, die einer ganzen Epoche der deutschen Schulgeschichte den Namen gab: Philanthropismus. Hier sollten „kein Federhut und eine reicher besetzte Tafel mehr den Bürger vom Edelmann unterscheiden", was man u.a. durch die Anstaltsuniform erreichte. Eine fröhliche Erziehung ohne Prügelstrafe, ein unbefangenes Lehrer-Schüler-Verhältnis löste die Paukschule alter Prägung ab. Man erstrebte Anschaulichkeit des Unterrichts durch Modell- und Naturaliensammlungen, durch Besichtigungen, handwerklichen Unterricht und durch Gartenarbeit. Das Elementarwerk, das Jahrhundertwerk der Pädagogik, das drei Generationen bis in die Romantik als Schulbuch diente, erschien 1774 in Dessau.

Es wurde die Gymnastik der Alten wiederbelebt durch Einführung täglicher Turnstunden; mehr als 30 Übungen, die theoretisch und durch die Praxis fundiert wurden, lassen sich nachweisen, und so wurde Dessau die Wiege der neueren Turnkunst. Wir werden noch gleich der Drehbergspiele zu gedenken haben. Die philanthropinische Fröhlichkeit wurde sprichwörtlich und wirkte sich noch auf die Wanderlust der Romantiker aus; denn es gab hier auch die ersten Schulwanderungen und einmal im Jahr längere Turnfahrten. Den Gipfel der Dessauer Schulreform sahen die Aufklärer darin, daß erstmals in Deutschland, den philanthropistischen Forderungen gemäß, ein von der Kirche unabhängiges, einheitliches staatliches Schulwesen durchgesetzt wurde.

Alljährlich fanden hier auch zum Geburtstag der Fürstin Luise am 24. September und zugleich als Erntefest die Nationalfeste am Drehberg statt, die GuthsMuths die „wiederaufgelebten olympischen Spiele" nannte, die Goethe besuchte und dem Weimarer Hof die Reise empfahl. Wettläufe der Jungen und der Mädchen des Wörlitzer Winkels (auch der Philanthropinschüler) in je zwei Altersklassen und Pferderennen, Ausstattung heiratsfähiger Mädchen, Festschmaus und Tanz bis in die Nacht hinein, zogen jährlich Tausende von Besuchern an und erhöhten weiter den Nimbus des aufgeklärten kleinen Musterstaates (Marx).

Zu dem Bildungsprogramm gehörte die Gründung des Theaters, das unter der Stabführung Rusts und Jacobis in der Oper, aber auch im Schauspiel sofort in die erste Reihe der Bühnen aufstieg. Erdmannsdorffs fortschrittlicher Theaterbau brach mit dem barocken Kasten-Theater, es gab auch keine Fürstenloge mehr, und es war für die kleine Stadt erstaunlich groß, war aber bei drei Spieltagen in der Woche immer gefüllt. Bis heute besitzt Dessau eines der größten Bühnenhäuser Deutschlands. M. v. Brabeck und Erdmannsdorff begründeten 1796 die Chalkographische (Kupferstecher-) Gesellschaft, die ebenfalls der Geschmacksverbesserung dienen sollte durch Nachstiche berühmter Gemälde, durch Architekturwerke und Verbreitung der Veduten aus dem Dessau-Wörlitzer Gartenreich.

Ein die zeitgenössischen Literaten bewegendes Unternehmen von nationaler Bedeutung war die auf genossenschaftlicher Basis gegründete Allgemeine Buchhandlung der Gelehrten und Künstler, bei der auch alle Klassiker verlegt wurden, wo Goethes erste Gesamtausgabe erscheinen sollte und beim Nachfolge-Institut, in Göschens Verlag, dann auch erschien. Trotz des Scheiterns – wie auch mancher anderer, der Zeit weit vorauseilender Unternehmung – galt: „An Dessau denken daher alle Freunde des Guten mit Dankbarkeit." So ein Resümee des Aufklärers Christian Hinrich Wolke im Jahr 1797.

Harmonischer Garten vollendeter Poesie.
Hugo Junkers

Als die Krone der Leistungen des Aufklärungsfürsten, der seinen Zeitgenossen der deutsche Aristides war, sah man seine

Gartenschöpfungen an, wie der Kunsthistoriker Ludwig Grote 1929 resümierte: „Fürst Franz wollte bewußt Kultur schaffen"; er bewährte sich in seinem humanistischen Geist auch hier als Volkserzieher großen Stils, und mit Erdmannsdorff hatte er – schon nach der zeitgenössischen Einschätzung – binnen weniger Jahrzehnte die „Gewalt des französischen Geschmacks über die Teutschen vernichtet".

Hatte Dessau die Zeitgenossen bereits durch die bürgerliche Schulreform und die Wiedererweckung des Sports exaltiert, so begeisterte Dessau-Wörlitz die Zeitgenossen durch drei weitere von hier ausgegangene Leistungen aufgeklärter Denkvorstellungen und beeinflußte durch diese Innovationen nachhaltig das Kunstgeschehen des ganzen 19. Jahrhunderts. Von hier gingen gleich zwei neue Baustile aus: Erdmannsdorff begründete den kontinentalen Klassizismus, Franz übertrug aus England die Neugotik und den neuen Gartenstil, und indem er sein ganzes Ländchen (700 qkm, nach dem Anfall Zerbsts 1797 900 qkm mit 53 000 Einw.) in ein zusammenhängendes Gartenreich umgestaltete, wurde er zum gefeiertsten und bedeutendsten Garten- und Landschaftsgestalter, dem die moderne Gartenhistorie „eine weltweite Bedeutung als Landespfleger" (G. Däumel, 1961) bescheinigt.

Die großen Anlagen **WÖRLITZ, ORANIENBAUM, SIEGLITZER PARK, LUISIUM, MOSIGKAU, GEORGIUM** und **GROSSKÜHNAU** werden nachher in Einzelbeiträgen ausführlich gewürdigt. Zwischen diesen einzelnen durchgestalteten Partien, die immer nur Anlagen heißen, die, wie heute gerade in Wörlitz noch sichtbar, lediglich Galeriepflanzungen um riesige landwirtschaftliche Nutzflächen sind, führen durch die parkähnlich ausgestaltete Auenlandschaft ca. 20 nachweisbare Gartenlandstraßen. Sie wurden als Pappelalleen – Jahrzehnte vor Napoleons Einmarsch in Deutschland, dem sie doch allgemein zugeschrieben werden –, aber auch mit anderen wilden Bäumen und Obstbäumen angelegt, die im Frühjahr durch ihren Blütenschimmer ergötzten, deren Früchte zur Reifezeit auch gepflückt werden durften, wie überhaupt auf den Fußwanderer bei der Gestaltung besondere Rücksicht genommen wurde.

Denn die damals viel befahrenen, sandigen Straßen begleiteten Unterwege (heute nur noch in der Wasserstadt und am Fliederwall erhalten), wo der Wanderer im „duftenden Schatten wandeln" konnte. Es gab allerorten Sitze, die meist auch überdacht waren und „in schönen Formen aufgeführt" (Rebmann), um dem Fußgänger Ruhepunkte zu gewähren, von denen sich zugleich Landschaftsausblicke oder Sichtenfächer auftaten. Sie sollten zudem vor Hitze oder Witterungsunbilden schützen. Alle 4–5 km gab es Raststätten, wenn die Straße nicht durch Ortschaften führte, wo man Dorfkrüge fand. Zudem waren die Wallwachhäuser auf dem großen 1708 errichteten Elbdeich in unterschiedlichsten Stilen errichtet, die jedem Landstrich ihr charakteristisches Gepräge gaben, aber in ihrem Stilpluralismus auch wieder der Bildung dienten. Selbst die Böschungen der Wälle wurden für Obstplantagen und als Weinterrassen genutzt.

Dieser Nutzungsgrad – nach zeitgenössischer Deutung eine Folge des hohen Sozialniveaus – und die Bodenbearbeitung der Felder, die, so ein niederländischer Landwirt, „bearbeitetem Gartenland" glichen, dazu die Einschätzung, daß nirgends Land für Parkgestaltung „vernutzt" wurde, sind der Grund, weshalb die utilitaristisch orientierten aufgeklärten Reisenden sich so enthusiastisch über den Höchststand der dessauischen Landwirtschaft äußerten. Sie revolutionierte durch ihre aus England importierten Neuerungen (Kleeanbau, Horden- und Stallfütterung, Abschaffung der Brache) die deutsche Landwirtschaft in jenen

Wirtschaftshof in Wörlitz, Heinrich Friedrich de Bruinigk, 1808

Jahrzehnten. Dessau zog viele honorige Landwirte und besonders Fürsten und Kronprinzen zu Hospitationen an; vor allem inspirierte sie den gefeierten Reformator der deutschen Landwirtschaft, Johann Christian Schubart Edler von Kleefeld, der sich auf die dessauischen Erfolge berufen konnte und deshalb – wie auch andere Landwirtschaftsautoren – den Fürsten Franz als den Beförderer der Aufklärung apostrophiert.

Selbst am Gotischen Haus, der Privatwohnung des Fürsten in Wörlitz, wurde Landwirtschaft betrieben, weideten die Rinder, standen Kleefeimen und moderne Ackergeräte; da gab es statt der erst 1871 eingebrachten heutigen Koniferenbepflanzung nur Obstplantagen und Maulbeerbäume für die Seidenraupenzucht, die Franz im Hause – durch die Fenster sichtbar – betrieb, damit jeder ihm nacheifere: Wir erkennen eine Landwirtschaftsmusterschau, auch hier wurde also auf Volkserziehung abgezielt. Man tut daher gut daran, nicht mehr vom Wörlitzer Park zu sprechen. Dieser Begriff festigte sich erst nach 1850, als der Muskauer und andere Parks der Zeit das nahelegten. Fürst Pückler, der seine Parkomanie als Schüler 1795/96 in Dessau empfing, wirtschaftete nicht so ökonomisch und mußte sein berühmtes Muskau verkaufen, da die schönsten Wiesen der Welt nur noch einige Fuder Heu brachten.

Die zeitgenössische Bezeichnung Wörlitzer Anlagen trifft das Richtige und wird dem Willen seiner Schöpfer gerecht. Zudem bedeutet Park immer etwas Abgezäuntes. Nichts davon in Wörlitz, wo selbst das vom Fürstenpaar bewohnte Schloß als Museum jederzeit jedem, auch dem ärmlichen Judenjungen geöffnet war. Es sollte ja alles der Volksbildung dienen, das Volk nahm teil, wenn zu Staatsbesuchen der Vesuv auf dem Stein rauchte. Eine durch und durch pädagogische Schöpfung, und wie sie sich zum Museum der Weltkultur ausweitete, zeigt die Benennung der Häuser: **Neues Haus,** das Wörlitzer klassizistische Schloß, also Griechentum und Moderne, **Gotisches Haus** sowie das **Chinesische Haus** am Rande des im übrigen erhalten gebliebenen Oranienbaumer Barockgartens, auch er ist historisches Anschauungsobjekt. Für die von Reinhold und Georg Forster dem Fürsten geschenkten, von Cooks zweiter Weltumsegelung mitgebrachten Tahiti-Exponate aus der Südseekultur erbaute man einen eigenen Museumspavillon neben dem Bibliothekspavillon, den jeder Gartenbesucher nutzen konnte und sollte: Aufklärung gewissermaßen zum Anfassen.

Da gibt es die Stilfibel am Fremdenhaus im Georgium: An den vier Seiten werden Gotik, Renaissance, Barock und eine klassizistische Idealfassade vorgeführt, in Wörlitz gibt es die berühmte Brückenhistorie beginnend von der primitivsten Form, dem einfach über den Bach gelegten Baumstamm bis zur Nachbildung der damals modernsten Brücke in Eisenkonstruktion im westenglischen Coalbrookdale: „Man lernt auch hier überall etwas, man mag kommen, wohin man will.“ Was man ebenfalls im aufgeklärten Landschaftsgarten als Verhaltensmuster demonstrieren konnte: In einem Sichtenfächer vom Wörlitzer Elbdeich erscheinen Kirche und Synagoge gleichberechtigt nebeneinander. Das war im Deutschland zur Zeit von Lessings Nathan noch keineswegs selbstverständlich, wie denn auch vom aufgeklärten Dessau die Emanzipation der deutschen Juden ausgegangen ist.

Wir haben die große Nachwirkung auf die Kunstentwicklung bereits angerissen: Es war das so reich frequentierte Dessau-Wörlitz, das die Voraussetzung schuf für das „Zweiparteiensystem der Stile im 19. Jahrhundert" (Sedlmayr) – wie Dessau auch die Überwindung des Historismus mit dem Dessauer Bauhaus gelang! Was das historische Dessau-Wörlitzer Gartenreich und die Dessauer pädagogische Kolonie leistete, belegen die sprichwörtlich gewordenen gebildeten Dessauer. Lassen wir stellvertretend den Dessauer Juden Ludwig Philippson in seiner Autobiographie sprechen, daß die fürstlichen Kabinette und „selbstverständlich alle diese wohlgepflegten Anlagen frühzeitig auf die Entwicklung des Geschmacks wirkten, (sie) gaben dem jugendlichen Geiste Richtungen, die er später verfolgen konnte, und verliehen dem Volke einen gewissen Anstand, eine gewisse Würde, die nicht ohne sittlichen Einfluß waren (...). So war für die Volksbildung, für Wissenschaft und Kunst (...) in reichem Maße gesorgt."

Der Landespfleger von weltweiter Bedeutung hat auch den pädagogischen Zeigefinger bereits seiner Generation erhoben mit dem ersten Umweltschutz-Denkmal, das er bezeichnenderweise den Warnungsaltar nannte mit der Inschrift: „Wanderer, achte Natur und Kunst und schone ihrer Werke". Wie vorausschauend modern er dachte und damit unserer Zeit weiter zu denken gibt, sollen nur zwei Sätze belegen: „So sollte alles, was die Erde hergibt und was der menschliche Geist schafft, Eigentum aller Menschen werden." Oder als die Befreiungskriege die Krise wiederbrachten: Haben auch alle Arbeit und Brot? „Man muß für

Arbeit sorgen, darauf kommt alles an." Die letzten Worte, die uns von seinem Sterbelager im Sommer 1817 im Luisium überliefert sind.

Fürst Franz, Schüler und Freund Winckelmanns, Rousseaus, Sternes, Chambers und Goethes, bekannt mit fast allen bedeutenden Literaten seiner Zeit, hinterließ keine Schriften. Dafür haben die Schriftsteller sein Werk gepriesen, besonders Wörlitz wurde das Idol des Zeitalters. Wir sollten immer daran denken, daß das erste Gesamtkunstwerk sichtbarer Ausdruck der sonst nur Utopie gebliebenen Träume dreier geistiger Generationen ist, uns das Denken der Aufklärung, der Klassik und der Romantik ad oculos demonstriert, wenn wir in den Sichtenfächern die Lichtstraßen Jean-Pauls wiedererkennen, „die auf allen Seiten geöffneten Himmel, der wechselnde Garten, dessen Aussichten wieder Gärten sind; lange sonnentrunkne Perspektiven liefen wie glänzende Rennbahnen der Jugend, wie Himmelswege der Hoffnung hin".

IN KÜRZE

Die zeitgenössische Bezeichnung Wörlitzer Anlagen wird dem Willen seiner Schöpfer gerecht: ohne Umzäunung, der Volksbildung dienend, eine pädagogische Schöpfung. Von Dessau ging die Schulreform der Aufklärung aus (Philanthropismus).

Erdmannsdorff begründete den kontinentalen Klassizismus. Franz übertrug aus England die Neugotik und den neuen Gartenstil, indem er sein Land in ein zusammenhängendes Gartenreich umgestaltete. Die einzelnen Anlagen (Wörlitz, Oranienbaum, Luisium, Sieglitzer Park, Mosigkau, Georgium, Großkühnau) wurden durch Gartenlandstraßen verbunden.

Wörlitzer Landhaus (Schloß), Erdmannsdorff-Bau 1769–1773

WÖRLITZER ANLAGEN – EIN TRAUM WURDE GESCHAFFEN

Wörlitz ist Anfang und Ergebnis dessen, was Fürst Leopold III. Friedrich Franz von Anhalt-Dessau mit einem einmaligen Programm zur Landesverschönerung und Lebensverbesserung in seinem gesamten, etwa 700 qkm großen Gartenreich und Musterstaat erreichen wollte. Zu sehen sind heute im Park vor allem die ästhetischen Veränderungen des alle Lebensbereiche umfassenden Reformwerks eines humanistisch gesinnten und aufgeklärten Fürsten, der lieber bürgerlich verheiratet in England hätte leben wollen. Von Preußen daran gehindert, versuchte Franz mit einem Kreis von Verbündeten, Reformern und Freunden, in seinem kleinen Musterstaat ein eigenes kleines England zu schaffen. Friedrich Wilhelm von Erdmannsdorff beförderte und lenkte diese Absichten wie deren Realisierung als Vertrauter und Mithelfer.

Die anfängliche Absicht, in Kühnau mit der Anlage eines Landschaftsgartens zu beginnen, war schnell wieder verworfen worden. Entsprechend den zum Vorbild gewählten englischen Gestaltungsprinzipien fand Franz den idealen „Genius loci" in Wörlitz. Ein kleines Jagdschloß stand am Südufer eines toten Flußarms, den die nach jedem größeren Hochwasser sich immer neue Wege suchende Elbe hinterlassen hatte. Nach dem Bau des Elbwalls durch die Urgroßmutter des Fürsten, der geborenen Prinzessin Henriette Catharina von Nassau-Oranien (1637–1708), die damit nicht nur Schaden abwenden, sondern ihr Land einer besseren landwirtschaftlichen Nutzung zuführen wollte, war der vierarmige Wörlitzer See mit dem

1 Englischer Gartensitz
2 Landhaus (Schloß)
3 Küchengebäude mit Sommersaal
4 Marstall
5 Graues Haus
6 Galerie
7 St. Petri-Kirche
8 Probstei
9 Synagoge
10 Dietrichsurne
11 Muschelsucherin
12 Gondelstation
13 Friederikenbrücke
14 Eisenhart
15 Südseepavillon
16 Bibliothekspavillon
17 Pergola
18 Wolfsbrücke
19 Rousseau-Insel
20 Gotisches Haus
21 Schochs Grab
22 Hornzackenbrücke
23 Weiße Brücke
24 Agnesbrücke
25 Neue Brücke
26 Dianenstatue
27 Warnungsaltar
28 Nymphaeum und Weinberg
29 Kuhstall
30 Floratempel
31 Palmenhaus
32 Garteninspektorhaus
33 Forsthaus
34 Kettenbrücke
35 Betplatz des Eremiten
36 Luisenklippe
37 Venustempel
38 Hohe Brücke
39 Monument
40 Goldene Urne
41 Wachhaus zum Pferde
42 Dornenauszieher
42 Schwimmbrücke
44 Wurzelhaus
45 Kniende Venus

südlichen barocken Ort und den nördlichen Feldfluren inmitten der Auenlandschaft zurückgeblieben.

Die Deiche der holländischen Wasserbaumeister, die auch Leopold I. (1676–1747) noch weiter ausbauen ließ, mußten im 18. Jahrhundert noch zweimal erhöht werden. Letzte Wallbrüche 1770/71, nach denen die Fluten bis in die Oranienbaumer Feldfluren standen, führten 1772 durch Franz zu der bis heute erhaltenen Erhöhung der Deichanlagen. Bei den Deichbrüchen entstanden durch Ausspülung (Erosion) das Große und das Kleine Walloch. Diese durch ein Loch im Wall entstandenen und mit dem Wörlitzer See mittels Kanälen verbundenen Seen ergaben die ideale Möglichkeit, die Gesamtanlage mit Wasser zu beleben und zahlreiche Brücken zu bauen. In pädagogischer Absicht wurde ein Brückenprogramm initiiert, an dem die Geschichte und Technik der Brückenbaukunst im Garten ablesbar ist.

Ansicht von Wörlitz (Ausschnitt), Johann Christoph Beckmann, 1710

Die Wörlitzer Anlagen sind ein Gesamtkunstwerk von Gartengestaltung, Bauwerken und bildender Kunst. Durch Wörlitz gelangten der Landschaftsgarten, der Klassizismus (zwei Generationen vor Schinkel) und die Neugotik nach Kontinentaleuropa – nicht nur als Modeerscheinung, sondern als Ausdruck aufgeklärt-humanistischen Reformwillens und politischer Standpunktsuche des 18 Jahre alten Schöpfers, der „seinen Untertanen ein goldenes Zeitalter vorleuchtete“ (Goethe). Ausstattung und Programm im Außen- und Innenraum lassen das zugrundeliegende Programm der Entstehungszeit verständlich werden. Der Garten war gleichzeitig Nutzfläche, denn überall wurde das Schöne mit dem Nützlichen verbunden. Obstpflanzungen, Ackerbau und Viehzucht gehörten wie in dem englischen Vorbild zum Erlebnis der Anlagen und waren auch deren wirtschaftliche Grundlage.

Eiserne Brücke über den Georgenkanal

Mit Wörlitz entstand auf dem europäischen Festland eine neue Qualität von Gartenkunst, die die unterschiedlichen Strömungen der Gartentheorien Englands aufnahm, ihre Gestaltungsprinzipien und Programme nutzte und die gesamte Breite englischer Gestaltungsauffassung wiedergab: Von den kleinteiligen, suchenden Stilauffassungen, den Bildprogrammen William Kents (1684–1748), den erhabenen Gartenszenen und den englisch-chinesischen Gestaltungen nach William Chambers (1723–1796) bis zu den großzügigen Landschaftsauffassungen Lancelot „Capability“ Brown's (1716–1783).

Die Anlagen sollten als Vorbild zum Wohlstand des Landes führen. Der Garten wurde mit Wörlitz zum Erholungs- und Bildungsort, zum Muster, Vorbild und Museum. Er war für jedermann zugänglich und auch in der Entstehungszeit nie eingezäunt.

IN KÜRZE

Fürst Franz: 1740–1817. Erdmannsdorff: 1736–1800. Gesamtkunstwerk von Gartengestaltung, Bauwerken und bildender Kunst. Überall ist das Schöne mit dem Nützlichen verbunden. Mit Wörlitz entstand eine neue Qualität von Gartenkunst. Der Garten war damals wie heute nicht eingezäunt.

Entwicklungsgeschichte und Einteilung des Gartens

Entsprechend ihrer Entstehung wurden die Wörlitzer Anlagen bereits im 18. Jahrhundert in fünf einzelne Gärten gegliedert, die einen eigenen Charakter und unterschiedliche Funktionen haben und mit den benachbarten Gärten und der umgebenden Landschaft korrespondieren. Im Süden des Wörlitzer Sees befinden sich der **Schlossgarten** und **Neumarks Garten**; nördlich etwas flacher über dem Spiegel der Gewässer entstanden **Schochs Garten**, der **Weidenheger** und die **Neuen Anlagen**. Die in der Anfangszeit jeweils für sich entstandenen Gärten haben einen Gürtel- oder Umgangsweg, von dem Blickbeziehungen in den Garten hinein und aus dem Garten heraus möglich waren. Heute ist dieser entsprechend seinem Herkunftsland England als „belt-walk" bezeichnete Weg noch besonders deutlich um Neumarks Garten und um den Baumgarten am Gotischen Haus erkennbar. Inzwischen sind durch die Veränderungen der späteren Wörlitzer Bauzeit und die Entwicklung der nachfolgenden Jahrhunderte aus den anfänglichen Einzelgärten die Wörlitzer Anlagen erwachsen. Untereinander sind die Gärten durch Wege, Fähren und Blickbeziehungen verknüpft und meist durch Gewässer, natürlich entstandene Seen und künstliche Kanäle, getrennt. Kein Gartenteil ist heute ohne die anderen denkbar und wirkungsvoll. Auch die Landschaft der Umgebung ist Bestandteil der Wirksamkeit des Gartenprogramms.

Die Veränderungen begannen 1764 in Wörlitz, als man von der ersten der vier Englandreisen zurückgekehrt war. Die kaum hundert Jahre alte barocke Vorgängeranlage erhielt zunächst in ihrer Nachbarschaft nach sehr kurzer Bauzeit einen kleinen, noch unbeholfenen Landschaftsgarten, wo man unter anderem Eindrücke aus dem englischen Stourhead (Wiltshire) in die Gestaltung der Auenlandschaft am Wörlitzer See umsetzte.

Die Gestaltungen in diesem Gartenteil waren noch recht einfach – die Wegeführung ist geschlängelt, um barocke Strenge und Geometrie zu vermeiden. Der Schwanenteich wirkt fast noch als Becken, obwohl die Uferlinie geschwungen und dem Englischen Sitz asymmetrisch vorgelagert ist. Diese Wörlitzer Frühphase nach dem englischen Maler und Gartengestalter William Kent breitete sich bald über den gesamten Schloßgarten aus und war um 1770 auch in den Partien jenseits des Sees ausgeführt.

„Ihm verdanke ich, ihm verdankt das Land die Ausführung und Vollendung meist Alles dessen was da ist ... Erdmannsdorff war ... mein einziger wahrer Freund und Pfleger der Ideen, denen ich mein Leben geweiht hatte.“
Fürst Franz

Die barocke Gartenanlage des Schloßgartens wurde im Zusammenhang mit dem zwischen 1769 und 1773 neuerbauten klassizistischen Landhaus auf dem Standort des 1768/69 abgerissenen Barockschlosses umgestaltet, wobei die barocken Lindenbosketts – nun ungeschnitten in freier Wuchsform – Grundlage der neuen Gestaltung waren und die Blickachsen in die freie Landschaft einrahmten. Ein Teil des alten Ortes sowie Kaplanei und Probstei wurden abgerissen, um einen freien Blick vom und zum Schloß zu gewinnen. Der ehemalige Friedhof wurde zum Gartenraum umgestaltet und der neue aus hygienischen Gründen südlich des Ortes angelegt.

Die Eindrücke einer zweiten Englandreise und das gewachsene Gestaltungsvermögen führten nach den siebziger Jahren infolge von großflächigen Vernichtungen einer Hochwasserkatastrophe (1770/71) in den tiefliegenden Gartenbereichen zur Anwendung einer veränderten, weiterentwickelten Gestaltungsart. Diese zweite Wörlitzer Stilphase gelangte vor allem in Schochs Garten nördlich des Wörlitzer Sees zur Ausführung. Charakteristisch waren in der Zeit zwischen 1770 und 1790 stark differenzierte Gartenräume und lange, schmale Sichtbeziehungen. Der Garten stellte sich jetzt als Erlebnisweg, als Folge räumlich gestalteter Gartenbilder und Szenen dar, welche sich auf einem „Zwangsweg" beim Gang durch den Garten nach jeder Wegebiegung neu erschließen. Carl August Boettiger, ein Zeitgenosse, urteilte 1797 über die nun praktizierten Pflanzweisen: „Vielleicht versteht jetzt in England selbst kein Landschaftsgärtner so meisterhaft die Kunst, durch Mischung von hundertfachem Grün zu schattieren und grün in grün zu malen als Franz. Dies und die damit verbundene Geschicklichkeit, die clusters und clumps von Gebüschen und Bäumen angenehm zu gruppieren und die Grasmatte damit zu bestreuen ist ein Höhepunkt, worauf man bei den so hundertfältig verschiedenen Ansichten im Wörlitzer Garten zu sehn hat."

Englischer Gartensitz am Schwanenteich

Eine dritte Wörlitzer Gestaltungsphase kam zwischen 1790 und 1800 zur Anwendung. Der Fürst verließ sich nun als dilettierender Gestalter bereits auf die in Frankreich und England geschulten Kenntnisse des Gärtnersohns Johann George Schoch

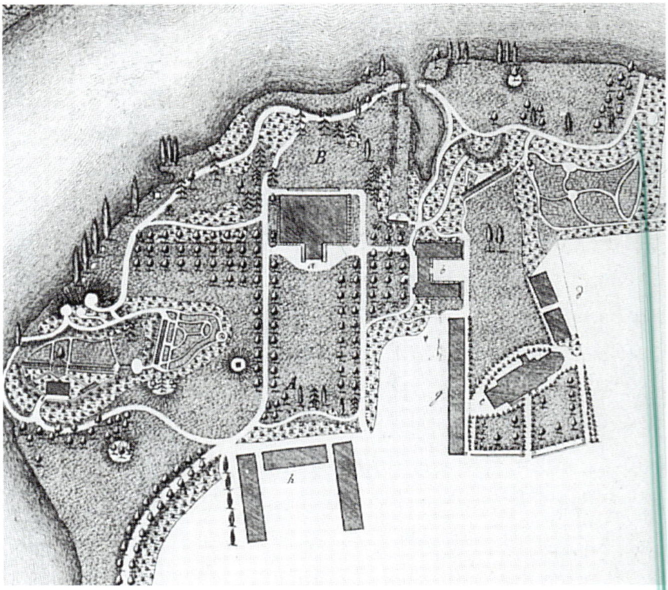

Plan der Wörlitzer Anlagen (Ausschnitt), Salomon Israel, 1784

(1758–1826), der die neuen Partien im Osten des Gartens ausführen durfte. Vorher hatten sein Vater Johann Leopold Schoch (1728–1793) und die anderen Gärtner eher die Ausführung der vom Fürsten und seinem Freund Erdmannsdorff erdachten Raumkonzeptionen in das Gelände übertragen müssen. Die Gestaltungen Schochs d. J. am Schmalen See und am Großen Walloch unterlagen dem Einfluß der Gärten Lancelot Browns, dessen Ausnutzung der „Capabilities" Schoch in England studiert hatte. Die großflächigen, meist landwirtschaftlich genutzten Landschaftsräume enthielten nur noch wenige Bauwerke und waren durch Galeriepflanzungen am Rande der Gewässer und Kanäle gegliedert. In diesen Anlagen sollte man die Kunst nicht sehen. Alles sollte so wirken, als hätte die Natur diese Gestaltungen wie zufällig entstehen lassen.

Gleichzeitig zu den landschaftsgestalterischen Maßnahmen Schochs ließ der Fürst von seinem Baumeister Erdmannsdorff in den bereits fertiggestellten Teilen von Wörlitz und im gesamten Gartenreich Bauwerke errichten, die die bis dahin fehlenden Funktionen in den Anlagen ausfüllen sollten und welche meist dem Stil der Reiseeindrücke zuzurechnen sind. In dieser Zeit entstanden die wesentlichsten Wörlitzer Gartenarchitekturen wie die Hofgärtnerei und das Palmenhaus, der Floratempel, der Venustempel, das Pantheon und die Insel Stein.

Bis auf wenige spätere Veränderungen waren die Arbeiten in den Wörlitzer Anlagen um 1800 abgeschlossen, die noch heute ablesbare und schrittweise gewachsene, große Konzeption in die Landschaft übertragen. Das im späten 18. Jahrhundert als Ausdruck der umfangreichen humanistischen Reformen gebildete Gesamtkunstwerk erforderte die Einbeziehung unterschiedlicher ästhetischer und wirtschaftlicher Intentionen, die zur Herausbildung des für diese Zeit so Neuen geführt haben und welches es heute als Ganzheit zu betrachten, zu pflegen und zu erhalten gilt.

IN KÜRZE

Die Wörlitzer Anlagen bestehen aus fünf Gärten: Schloßgarten, Neumarks Garten, Schochs Garten, Weidenheger, Neue Anlagen. Auf einem Umgangsweg sind Blickbeziehungen in den Garten hinein möglich. Vier Englandreisen und Eindrücke aus Italien prägten die Wörlitzer Gestaltungsphasen. Um 1800 waren die Arbeiten weitgehend abgeschlossen. Die vom Fürsten Franz vorgenommene Landschaftsgestaltung, welche Vater und Sohn Schoch im Garten umsetzten, brachte im Zusammenhang mit den vom Baumeister von Erdmannsdorff vorgenommenen architektonischen Maßnahmen ein in die Landschaft integriertes Gesamtkunstwerk hervor.

DER GANG DURCH DIE ANLAGEN

Beginnen wir im Schloßgarten, dem Herz der Wörlitzer Anlage. Im Uhrzeigersinn, entsprechend dem Entwicklungsgang der Wörlitzer Gestaltungen bis in die Neuen Anlagen im Osten der Wörlitzer Gärten, sollten wir gemeinsam gehen.

DER SCHLOSSGARTEN

Er entstand in seinen Hauptteilen ab 1764 in etwa zehnjähriger Bauzeit – in seiner heutigen Eingrenzung zwischen dem Ort Wörlitz im Süden und dem Wörlitzer See im Norden. Er enthält den **KIRCHHOF**, die Gartenflächen um das **LANDHAUS**, den **GARTEN DER FÜRSTIN** und das Gartenstück um den **SCHWANENTEICH**. Er stellt den Beginn der Arbeiten in Wörlitz dar. Fürst Franz ließ ihn gleich nach der Rückkehr von einer ersten Englandreise am Ufer des Wörlitzer Sees anlegen, als die übrigen Gartenteile wie überhaupt die Bau- und Gartenkunst in Mitteleuropa noch barock geprägt waren. Deshalb ist die Gestaltungsweise noch kleinteilig und suchend; die Schlängelwege und die Ufergestaltung sind unbeholfen. Ausgangspunkt der Anlage ist ein 1765 fertiggestellter **ENGLISCHER GARTENSITZ**, den man in Stourhead (Wiltshire) gesehen hatte, ein erstes palladianisches Parkbauwerk in Deutschland nach dem

Muschelsucherin am Wörlitzer See

Entwurf Erdmannsdorffs. Antike Reliefbruchstücke und eine antike Cista (römische Aschenkiste) zieren ihn. Als Blick- und Aussichtspunkt am anderen Seeufer wurde das **NYMPHAEUM**, wiederum als ein Gartensitz, errichtet. Ein bassinartiges Wasserstück mit einer Zugbrücke (die heutige Betonbrücke entstand in den 1960er Jahren) bestimmt den Gartenraum im Vordergrund.

Das Wörlitzer **LANDHAUS** als frühestes klassizistisches Schloßbauwerk auf dem europäischen Festland entstand zwischen 1769 und 1773 nach Plänen Erdmannsdorffs. Entsprechend der englisch geprägten, bürgerlichen Auffassung verglich man den für die damalige Zeit einfachen Bau, dessen Grundsteinlegung am 4. April 1769 an der Stelle des im Jahr zuvor abgerissenen barocken Jagdschlosses erfolgt war, mit einer englischen Fabrikantenvilla. Festsaal und Bibliothek wurden erst nach der feierlichen Einweihung am 22. März 1773 fertiggestellt. Aufgrund von Nässeschäden im Haus wurde 1783/84 anstelle einer Dachplattform das Belvedere mit dem Palmensaal aufgesetzt. Der Baumeister vereinte bei der Ausführung des von Broadlands (Hampshire) beeinflußten dreigeschossigen Bauwerkes mit der vorgezogenen Dreieckgiebelbekrönung auf vier korinthischen Säulen meisterhaft die Anregungen englisch-palladianischer Landhäuser mit in Italien studierten Architekturdetails und klassischen Vorlagenwerken. In der Hauptetage erreicht man über die Freitreppe das Schloßmuseum, dessen Eingang die Sandsteinstatuen von Fortuna und Ceres schmücken. Die Ausstattung des 18. Jahrhunderts ist wie in der Entstehungszeit noch heute jedem Besucher von April bis Oktober zugänglich.

Das **KÜCHENGEBÄUDE MIT DEM SOMMERSAAL** entstand 1770/71 gleichzeitig zum Schloßbau auf dem Standort der ehemaligen Kaplanei. Das mit dem Schloß durch einen unterirdischen Gang verbundene Funktionsbauwerk mit Wohnstuben, Fremdenzimmern, Küche, Waschhaus und anderen Wirtschaftsräumen errichtete Erdmannsdorff auf rechteckigem Grundriß mit zwei angesetzten Seitenflügeln. Der ursprünglich farbig ausgemalte ionische Sommerspeisesaal, in dem man nach englischer Lebensart im Garten speiste oder Tee trank, diente der Überwinterung der den südländischen Charakter unterstreichenden und nicht frostharten Pflanzen des Schloßgartens, die den Sommer über die noch heute vorhandenen gußeisernen **VASEN** des Schloßbereichs schmückten. Rechts und links des Sommerspeisesaals stehen in Nischen ein Apoll und ein Satyr, zwei von dem Dresdner Bildhauer Gottfried Knöffler (1715–1779) gefertigte Sandsteinstatuen. Die 1774 errichtete **SANDSTEINARA** (runder Altar der Antike) vor dem Sommerspeisesaal, die „den Auf- und Niedergang des Mondes unter den Bildern der Luna, des Morgen- und des Abendsternes und des mit Krebsscheeren bekraenzten Oceans vorstellt" (Rode), diente als Wasserpumpe.

Marstall, von der Kirchgasse gesehen

Rings um den **KIRCHHOF** entwickelte sich über die gesamte Wörlitzer Bauzeit ein neugotisches Ensemble. Neugotik steht in Wörlitz für das Bekenntnis des Fürsten Franz zu eigener Tradition und Geschichte, als bewußtes Sinnbild des Bauherrn zur „deutschen Freiheit" (Korzus). Zaghaft neugotische Formen kamen bereits in der Putzgliederung der Ostgiebel des Küchenge-

Graues Haus, das Wohnhaus der Fürstin Luise

bäudes zur Ausführung, dem Beginn neugotischer Gestaltungsformen in Wörlitz. Entschiedener sind die Fassaden des 1775/76 errichteten **MARSTALLS** an englisch-neugotische Vorlagen angelehnt. Neben Ställen enthielt dieser Backsteinbau auch Knechtswohnungen, Wagenremisen und Futterlager. Die Zugänge befinden sich an der Süd- und Westseite, wo erst im 19. Jahrhundert die örtliche Bebauung abgerissen und der Vorplatz in den Garten einbezogen wurde. Den östlichen Abschluß des Kirchhofs bilden das **GRAUE HAUS**, ein mit Zierwerk versehenes, geputztes Backsteingebäude, und die Galerie. Das auch als Haus der Fürstin bezeichnete neugotische Gebäude mit ursprünglich nur fünf Fensterachsen (Erweiterung um 1850) entstand nach einer Anregung von Sheffield Place (Sussex) und wurde 1789/90 an der Stelle der vormaligen Probstei errichtet. Es diente als privater und für Besucher unzugänglicher Lebensbereich der Fürstin Luise, die 17 Jahre lang in dem seit Anbeginn öffentlichen Schloß den Besucherstrom hatte ertragen müssen. Der neugotische Backsteinbau der **GALERIE** wurde 1804/05 als Kirchgang an das Graue Haus angebaut und wird heute für jährlich wechselnde Sonderausstellungen genutzt. Die nördliche Eingrenzung des Kirchhofs bildet der bei der Ausschachtung des Schwanenteichs entstandene **ZEDERNBERG**, der an seiner Südseite durch eine Mauer abgestützt wird, an welcher Obst gezogen wurde. Auf dem Berg befindet sich zwischen Zedern ein heute noch nicht restaurierter Ruhesitz. Von hier konnte man über den See und auf die ehemals romanische **KIRCHE ST. PETRI** sehen, die im Jahr 1200 vom Markgrafen Albrecht dem Bären geweiht worden war. Nach einer Erweiterung im 15. Jahrhundert und einer Turmerhöhung im 16. Jahrhundert erhielt sie unter der Bauleitung Georg Christoph Hesekiels (1732–1818) zwischen 1805 und 1809 ihr heutiges englisch-neugotisches Aussehen. Der Backsteinbau mit seinem 66 m hohen Turm war die letzte größere Veränderung in den Wörlitzer Anlagen. 1796 war bereits nach Entwürfen Erdmannsdorffs am südöstlichen Rand des alten Kirchhofs eine neugotische **PROBSTEI** errichtet worden, ein zweigeschossiger Backsteinbau mit Putzverzierungen. Die Umgestaltung des Kirchhofs zum Gartenraum wurde nach der aus hygienischen Gründen notwendigen Umlegung des Friedhofs vor die Stadt möglich. An die Gebeine aus den umgebetteten Grabanlagen erinnert noch heute ein mitten auf der Wiese aufgestellter **SARKOPHAG** aus Sandstein (1785/87) nach dem Entwurf Erdmannsdorffs, der mit Inschriften des Dichters Friedrich Gottlieb Klopstock (1724–1803) und Geniendarstellungen geschmückt ist. Ein 4,50 m hoher neugotischer **BRUNNEN** wurde 1787 aufgestellt; die **SANDSTEINVASE** am Küchengebäude stand ursprünglich auf dem Vasenwall westlich von Vockerode.

Am östlichen Rand des Schloßgartens wurde als Zielpunkt zahlreicher Sichtbeziehungen aus den Anlagen und als städtebaulicher Abschluß des Straßenraums der Amtsgasse (benannt nach dem noch heute dort befindlichen ursprünglichen Amtshaus) die **SYNAGOGE** errichtet. Das 1787–1790 nach Entwürfen Erdmannsdorffs entstandene jüdische Gotteshaus nach der Anregung des Vestatempels in Rom ist Ausdruck der toleranten Politik des Fürsten Franz. Die Innenausstattung wurde 1938 in der Pogromnacht vernichtet; das Bauwerk selbst konnte durch das entschiedene Handeln des damaligen Gartendirektors Hans Hallervorden (1872–1968) erhalten werden, was diesen allerdings seine Anstellung kostete.

Am westlichen Rande der Schloßwiese steht die 1775 vom Bildhauer Ehrlich nach einem Entwurf Erdmannsdorffs gefertigte **DIETRICHSURNE**. Das Sandsteinmonument mit einer Inschrift und Reliefdarstellungen zur Jagd, zur Landwirtschaft und zum Militär markiert den Standort des im Zusammenhang mit den Veränderungen im Schloßgarten abgerissenen Wohnhauses des Oheims des Fürsten Franz, der für den sehr früh verwaisten Prinzen einige Jahre die Regierungsgeschäfte geführt hatte. Fürst Dietrich war 1769 gestorben.

Dietrichsurne in Schloßnähe zur Erinnerung an Fürst Dietrich

Dem Küchengebäude gegenüber führt die Lindenpflanzung zum Seeufer, wo die **MUSCHELSUCHERIN**, eine freie Nachbildung einer antiken Knöchelspielerin aus der Villa Borghese, mit einer Pappelreihe und zwei klassizistischen Vasen ein Stimmungsbild formt. Die 1771 geschaffene Komposition mit der halbliegenden, wasserschöpfenden Nymphe ist Ziel mancher Gartensicht und geleitet den Blick in die gestaltete Landschaft über den See auf die Acker-

Gondelstation am Wörlitzer See

flächen und die Roseninsel. Die zum Landschaftsgarten gehörigen Pyramidenpappeln übernehmen dabei die Rolle der Zypressen des Mittelmeerraums, die in unserem Klima nicht gedeihen können. An diese Situation schließt sich der gleichzeitig entstandene **GARTEN DER FÜRSTIN** an, in dem ursprünglich auch das Haus des Gondolieres, eine Fasanerie und ein Gewächshaus standen. Eine Ara aus Sandstein, der ursprüngliche Brunnen, markiert noch heute den Standort. Die heutige Situation entstand durch wiederholte Veränderungen; um 1830 wurde nach dem Abriß des Gondolierehauses und der Fasanerie die Teelaube errichtet. Die heutige Wegeführung entwarf der erste Gartendirektor Hallervorden in den 20er Jahren unseres Jahrhunderts.

Die beiden weiblichen **SANDSTEINHERMEN** auf dem Weg vom Schloß zu der aus „Quadersteinen gemauerten Anfurt der Schiffe" stammen schon aus der Erstanlage von 1765.

Ein neues Gondolierehaus entstand am Neuen Wall auf der Höhe der **GONDELSTATION**, die allerdings erst in der Nachkriegszeit ihren heutigen Standort erhielt. Bis dahin begannen die Gondelfahrten am Seeufer zwischen Eichenkranz und Friederikenbrücke. Die Lindenallee auf dem Wall (ursprünglich Kastanien) sollte die Bebauung des Ortes Wörlitz verbergen. Der historische neugotische **GASTHOF ZUM EICHENKRANZ** nach dem Entwurf Erdmannsdorffs ist das einzige Bauwerk des Ortes, das neben Schloß und Kirche aus der Landschaft wahrnehmbar war. Wie ein Stadttor sollte der 1785–87 errichtete Fachwerkbau die Gäste bereits im 18. Jahrhundert zum Bleiben einladen. Gestaltungsmotive italienischer Renaissancebaukunst wurden bei der 1788 errichteten **FRIEDERIKENBRÜCKE** verwandt. Das von Erdmannsdorff entworfene und nach der Prinzessin Friederike von Preußen benannte Bauwerk überspannt einen der damals drei künstlichen Abflüsse des Wörlitzer Sees. Im Jahre 1914 wurde die Brücke um etwa 4 m verbreitert.

NEUMARKS GARTEN

Neumarks Garten wurde erst durch den südwestlichen Kanal entlang der ursprünglichen Wörlitzer Zufahrtsstraße zu einer Insel und war in der Anfangszeit vorwiegend Wirtschaftsgarten. Seinen Namen erhielt er durch seinen ersten Pfleger, den Gärtner Johann Christian Neumark (1741–1811). Man betritt die Insel vom Süden über die Brücke am Eisenhart oder nutzt eine der beiden Fähren im Norden oder Osten der Insel. Der Garten wird von einem Deich umschlossen, auf dem der „belt-walk“ (Gürtelweg um die Anlage) entlang führt. Von diesem kann man in die Gartenräume des Gartens hineinsehen oder die Ausblicke in die Umgebung oder die anderen Gartenteile genießen. Bis 1913 war im Ostteil des Gartens eine der drei Wörlitzer Baumschulflächen untergebracht, in der Anfangszeit auch ein Obst- und ein Gemüsegarten. Das Baumstück als ursprüngliche Obstanlage wurde vor einigen Jahren mit den historisch überlieferten Sorten bepflanzt, um dem heutigen Besucher den anfänglichen Charakter als Nutzgarten verständlich zu machen. Neumarks Garten vorgelagert sind die Rousseau-Insel, die Schwaneninsel und die Roseninsel.

Eisenhart mit Bibliotheks- und Südseepavillon

Der **EISENHART** erhielt seinen Namen nach dem eisenhaltigen Raseneisenstein, mit dem das den Eingang zum Garten bildende Brückenbauwerk als künstliches Felsengebilde verkleidet ist. Auf dem Plateau stehen zwei von Erdmannsdorff 1781–84 errichtete Pavillons. Der quadratische, geputzte Backsteinbau des **SÜDSEEPAVILLONS** mit Pilastergliederung und Rundbogennischen diente bereits in der Entstehungszeit der Ausstellung ethnographischer Sammlungsstücke, die der Fürst von dem Humanisten und Weltreisenden Georg Forster (1754–1794) in London erworben hatte. Der an der Süd- und Westwand mit Raseneisensteinverzierungen versehene Backsteinputzbau des **BIBLIOTHEKSPAVILLONS**, der heute als Verkaufsraum dient, war in pädagogischer Absicht mit einer jedem Besucher zugänglichen Gartenbibliothek ausgestattet. Im Vorraum befinden sich in den Nischen Abgüsse eines Bacchus, einer Bacchantin und eines Fauns. Von hier aus gelangt man in eine **PERGOLA**, an deren Abschlußnische sich eine Gipsnachbildung der antiken Statue des Betenden Knaben befindet. Die Blendbogenmauer zum Kanal, die ursprünglich mit Spalierobst bepflanzt war, verbirgt Wirtschafts-, Wohn- und Kellerräume der hier früher beschäftigten Gärtner.

Das 1783/84 angelegte **Labyrinth** ist keineswegs der aus dem Barockgarten bekannte Irrgarten, der dem Prunk oder höfischem Spiel diente. Das Wörlitzer Labyrinth ist als Allegorie auf das menschliche Leben zu verstehen. So wie jeder Lebensweg von Lebensgefährten, Lehrern und Mitmenschen geprägt wird und verschiedenen Irrwegen unterliegt, einmal geradlinig und einmal gewunden verläuft, mitunter ausweglos erscheint und man das spätere Ziel nicht kennt, verlaufen auch die Wege in diesem Gartenabschnitt, in dem Inschriften (Wanderer, wähle deinen Weg mit Vernunft) auf Sinn und Gedanken hindeuten und Orientierung geben. Nicht wo das Licht blendet ist das wirkliche Ziel. Manchmal weist auch der bescheidene Weg im Dunkeln die erwünschte Richtung, die im Wörlitzer Labyrinth schließlich an der Kopie der von Timotheos geschaffenen Leda mit dem Schwan aus dem Kapitolinischen Museum in Rom (in der Grotte als Sinnbild eines Schäferstündchens, am Abgrund des Kanals als Symbol für einen Irrweg) vorbei ins heitere **Elysium** führt. Dieses heute noch nicht restaurierte, reichhaltig ausgestattete Gartenstück war mit Brunnen und Blumenbeeten geschmückt. Von einem Gartensitz aus konnte man unter dem Schwibbogen der Eisenhartmauer hindurch das fürstliche Grabmal auf dem Drehberg sehen. Das Elysium stand in der Antike für den „Aufenthalt der Seeligen“.

Sandsteinbank, Detail: Löwenkopf

Vom Elysium gelangt man entlang der erst 1913 aufgegebenen Baumschule zum **Baumstück**, einem ehemaligen Obstgarten. Mit den auch in der Entstehungszeit verwendeten Obstsorten wurde 1992 die Wiederherstellung dieses Nutzgartenteils in der ursprünglichen Pflanzweise begonnen. Der Bildhauer Friedrich Wilhelm Eugen Döll (1750-1816) fertigte etwa 1785 die **Sandsteinbank** in der Form eines antiken Sarkophags, dessen Relief Darstellungen zur Obsternte und Löwenköpfe enthält.

Rousseau-Insel, Referenz an den Aufklärer Jean-Jacques Rousseau

Neumarks Garten vorgelagert und dem Programm des Labyrinths zugehörig ist die auch symbolhaft am ursprünglichen Wörlitzer Zugang komponierte Situation der **Rousseau-Insel**. Als Referenz an die Aufklärung und deren bekanntesten Verfechter Jean-Jacques Rousseau (1712–1778) ließ Fürst Franz eine Urne auf einer pappelumsäumten Insel aufstellen, die in Analogie zu

Rousseaus ursprünglichem Grabmal in Ermenonville bei Paris in Wörlitz nachgebildet wurde. Der Entwurf für das 1782 errichtete und mit einer Inschrift des Fürsten versehene Sandsteinmonument (Gesamthöhe 3m) stammt von Erdmannsdorff.

Die **Roseninsel** existiert in ihrer heutigen Ausformung mit der vorgelagerten Schwaneninsel erst seit 1908. Ihre Erstgestaltung mit einer Fischerhütte als Insel der Fürstin wurde bei der Hochwasserkatastrophe 1770/71 zerstört. Durch wiederholte Bodenauffüllungen und mehrfache Umgestaltungen in unserem Jahrhundert wurden aus vier zurückgebliebenen Inseln zwei Inseln geformt, deren Bildwirkung heute vor allem durch die von Franz gepflanzte Eiche an der Ostseite bestimmt wird.

SCHOCHS GARTEN

Schochs Garten ist die nördlich des Wörlitzer Sees gelegene Gartenfläche bis zum Elbdeich, die im Osten durch den Garten auf dem Weidenheger und im Westen von der Coswiger Straße eingegrenzt wird. Der Garten erhielt seinen Namen nach dem hier wirkenden, wohnenden und in diesem Garten auch beerdigten Hofgärtner Johann Leopold Ludwig Schoch d. Ä. (1728–1793), den Fürst Franz bis zu dessen Tod mit der Umsetzung seiner Gestaltungsideen in Wörlitz betraute. Schochs Garten gliedert sich wiederum in verschiedene Gartenteile: Auf der zuerst angelegten Schochschen Insel im Osten sind das der Baumgarten um das Gotische Haus, der Dianenhain und die Flächen am Nymphaeum. Westlich des Wolfskanals schließen sich der Küchengarten und der Floragarten, die Romantische Partie und die nördlich gelegenen Anlagen auf dem Elbdeich an.

Schochs Garten ist als eine Folge räumlich gestalteter Bilder zu sehen, die sich entlang des Führungsweges (Zwangsweg) für den Besucher mit jeder Wegbiegung neu erschließen. Biegt man an den **ELLERN** (historischer Name für Erlenwäldchen) in den Garten ein, wechselt der Blick in Laufrichtung von dem Gartenbild mit dem Palmenhaus in der obstbaumbesäumten Coswiger Straße zur Ackerfläche und dem Gotischen Haus, welches man von hier (als optische Täuschung) als weit entfernten (Kirch-) Turm wahrnimmt. Mit der nächsten Biegung erblickt man ein Landschaftsbild mit dem Wörlitzer See und dem Schloß, dann

Gotisches Haus, Ansicht vom Wolfskanal

bilden die Wolfsbrücke und eine Eiche den Rahmen für den ganz entfernten Ausblick zum Piemonteser Bauernhaus in den Neuen Anlagen.

Auf der **WOLFSBRÜCKE**, einer 1811 errichteten Sandsteinbrücke mit Eisengeländer, wird der Blick in den Schloßgarten und zum Eichenkranz gezogen, bevor man vom kontrastreichen Effekt des gestalteten Bildes mit dem Venustempel auf seiner grünen Höhe am Ende des dunklen Kanals überrascht wird. Der aufmerksame Besucher läßt sich auf den Wegen von Gartenbild zu Gartenbild führen, wie es sich die Gestalter der Entstehungszeit einst überlegt haben, und es für ihn durch die seit 1982 durchgeführten Restaurierungsarbeiten wieder erlebbar wird.

Das **GOTISCHE HAUS** entstand zwischen 1773 und 1813 in mehreren Bauetappen nach Entwürfen und Vorgaben des Fürsten Franz, Erdmannsdorffs und Hesekiels. Wie die anderen neugotischen Bauwerke in Wörlitz ist das private Refugium, Museum und die Studienstätte des Fürsten, ein Bekenntnis des Bauherren an eigene Bautradition, politische Eigenständigkeit und „deutsche Freiheit“, für die er sich auch im Rahmen seiner politischen Tätigkeit im Fürstenbund und später gegenüber Napoleon einsetzte. Obwohl die eigentliche Anregung des aus Nutzungsüberlegungen entstandenen Bauwerks aus England (Walpoles Strawberry Hill) stammt, diente für die Kanalfront eine venezianische Kirche (Maria dell' Orto) als Vorbild. Die später errichtete Gartenseite lehnt sich an den Stil englischer Tudorgotik an. Den 1790 entstandenen nordwestlichen Neuen Turm entwarf Erdmannsdorff nach dem Vorbild eines Erkers am Breslauer Rathaus. Durch die differenzierte Fassadenausbildung können in den Blickbeziehungen des Gartens unterschiedliche Bilder wirksam werden. Das Gotische Haus, in dem der Fürst privat mit der ihm zur linken Hand angetrauten Gärtnerstochter Luise Schoch (später als Frau von Beringer geadelt) lebte, war bis in die 1790er Jahre auch Ausgangspunkt der gärtnerischen Arbeiten nördlich des Sees sowie Konzentrationspunkt der englisch-landwirtschaftlichen Musterwirtschaft auf den umgebenden Ackerflächen. Franz betrieb in seiner Obstkammer pomologische Studien, deren praktische Umsetzung u. a. im Baumgarten am Gotischen Haus realisiert wurde. Er hatte hier eine ansehnliche Sammlung von Wachsfrüchten neuester ertragversprechender Sorten zusammengetragen. In den Nebengebäuden am Gotischen Haus waren anfangs auch die Nutztiere unterge-

Gotisches Haus, Ansicht vom Baumgarten

bracht, die die Rasenflächen der Umgebung kurz halten sollten. Der Gartensaal, der wie der Sommerspeisesaal am Küchengebäude zum Aufenthalt und Speisen im Garten genutzt wurde, diente in der kalten Jahreszeit der Unterbringung nicht winterharter Pflanzen. Das Gotische Haus als Wohnung des Gärtners Schoch war zunächst vor der Errichtung der Hofgärtnerei auch Stützpunkt der etwa zehn Gartenarbeiter, die ihre Arbeit im Küchengarten, in den Anzuchtflächen oder bei der Neuanlage und Pflege des Parks verrichteten.

Im südlichen Außenhof des Gotischen Hauses wurde vor 1799 ein neugotischer **SANDSTEINBRUNNEN** errichtet, auf den eine hölzerne Pumpe gesetzt wurde. Er diente der Wasserversorgung des Gotischen Hauses sowie der Erfrischung der Gartenbesucher. Am Rande des Baumgartens befindet sich am Übergang zur großen Wiese **SCHOCHS GRAB**, mit dem Fürst Franz seinem ehemaligen Hofgärtner inmitten seiner Wirkungsstätte 1793 in der zwei Jahre zuvor geschaffenen Gruft ein Denkmal setzte.

Die **HORNZACKENBRÜCKE** wurde bereits 1774 als Verbindung zwischen dem Gotischen Haus und den Gartenflächen jenseits des Wolfskanals errichtet. Die 17 unterschiedlichen Brückenbauwerke in Wörlitz sollen in pädagogischer Absicht alle technischen Lösungen und die Entwicklung der Brückenbaukunst nachvollziehen. Diese zeigt den über den Wasserlauf geworfenen Baumstamm als eine der frühesten Möglichkeiten in der Geschichte. Bereits 1772 entstand nach der Fertigstellung des Wolfskanals neben dem Kleinen Walloch ein Nachbau der von Chambers in Kew Gardens (bei London) errichteten **WEISSEN BRÜCKE**, welche auch Chinesische oder Stufenbrücke genannt wird. Die sich selbst aussteifende Holzbogenkonstruktion mit unregelmäßig hohen Stufen galt im alten China als ein Symbol des menschlichen Lebens.

Weiße Brücke über den Wolfskanal

Die nach der Prinzessin Agnes von Anhalt-Dessau benannte **AGNESBRÜCKE** im Norden der Schochschen Insel war ursprünglich als eine hölzerne Drehbrücke (1782) errichtet worden. Wegen Baufälligkeit war sie 1852 durch eine gußeiserne Brücke ausgetauscht worden, die 1956 wiederum nach ihrer Zerstörung durch einen umstürzenden Baum durch die heutige nach dem Entwurf des Gartendirektors Kurt Lein ersetzt wurde.

Die **NEUE BRÜCKE** als Übergang zum Weidenheger erhielt ihren Namen 1810, als die hölzerne barocke Vorgängerkonstruktion (1772, Brücke hinter dem Nymphaeum) aus Sandstein gebaut worden war; wie bei der ersten Konstruktion sind in der Mitte beidseitig Bänke eingearbeitet. Die Sandsteinreliefs über den Schlußsteinen der Außenseiten zeigen Darstellungen aus der Venusmythologie.

Die nördliche Spitze der Schochschen Insel am Kleinen Walloch bildet der **DIANENHAIN** mit einer um 1780 vom Bildhauer Ehrlich geschaffenen **DIANENSTATUE**. Das mit dem Sockel zwei Meter hohe Standbild der Jagdgöttin mit ihrem Hund ist aus

Sandstein gefertigt. Die Rundbank in ihrer Nachbarschaft als Ausgangspunkt verschiedener Blickbeziehungen in den gesamten Garten ist nach 1931 von einem umstürzenden Baum zerschlagen und 1991 rekonstruiert worden.

Zum Andenken an seinen Freund und Gefährten ließ Franz bald nach dem Tode Erdmannsdorffs im Frühjahr 1800 den 1,40 m hohen, auf zwei Stufen stehenden **WARNUNGSALTAR** aus Sandstein errichten. Dieses früheste Monument des Denkmal- und Naturschutzes mit den Darstellungen von Diana, Apollo, deren Symbolen und den neun Musen mahnt den Betrachter: „Wanderer, achte Natur und Kunst und schone ihrer Werke."

Als Parkkulisse und überdachter Gartensitz entstand gegenüber dem Englischen Sitz des Schloßgartens bereits 1767/68 nach einem Entwurf Erdmannsdorffs das **NYMPHAEUM**. Das den Wassernymphen gewidmete Gebäude enthält im Inneren einen Gipsabguß des antiken, sich salbenden Ringers. In den benachbarten Rundbögen sind Briefauszüge Goethes angebracht, in denen dieser am 14. Mai 1778 seine ersten begeisterten Wörlitz-Eindrücke an Charlotte von Stein schildert. Das Gewölbe hinter zwei ionischen Säulen und zwei Eckpilastern wurde in einen aus der Zeit vor den Wörlitzer Umgestaltungen vorhandenen Eiskeller eingebaut. Der ehemalige Einstiegsschacht dieses Kellers, an dem man auf dem Weg zur Aussichtsplattform über dem Nymphaeum vorbeikommt, ist an einem um 1780 aufgestellten hölzernen **BERGMANN** zu erkennen, der die schwere körperliche Bergwerksarbeit im lehrhaften Programm der Anlagen versinnbildlicht. An der Ostseite der gleichen Erhebung erinnert ein **WEINBERG** an südliche Reiseeindrücke.

Westlich der Schochschen Insel befinden sich neben Ackerflächen der Garten am Floratempel, die Hofgärtnerei und die Romantische Partie. Wir gelangen in diesen Gartenbereich bereits vom Gotischen Haus über die geschilderte Hornzackenbrücke und treffen jenseits des Kanals auf den ehemaligen neugotischen **KUHSTALL**, der seit 1918 zum Gärtnerwohnhaus umgebaut ist. Hier waren seit der letzten Erweiterung des Gotischen Hauses die Tiere untergebracht, die von einer Hirtin begleitet die Rasenflächen um das Gotische Haus kurz zu halten hatten. Der heute hier befindliche Rhododendrenhain, eine Modeerscheinung des Jahrhundertbeginns, wächst an der Stelle des früheren Schochschen Blumengartens. In der Entstehungszeit befand sich an gleicher Stelle auch ein Kleediemen (Scheune), der den Vorrat an Winterfutter für die am Gotischen Haus gehaltenen Tiere aufnahm.

Vom Kuhstall führt links ein Weg zwischen Ackerfläche und der Küchengartenmauer, einer vormaligen Obsttreibmauer, vorbei zum **FLORAGARTEN**. Der der Göttin der Blumen und der Jugend gewidmete Gartenteil war bereits in der Entstehungszeit mit Blumen geschmückt, was im frühen Landschaftsgarten nicht üblich war. Blumenschmuck und Beetbepflanzungen waren in dieser Zeit nicht sehr dauerhaft, in Töpfen und Vasen waren die Pflanzen leichter austauschbar. Das in Form eines antiken Amphitheaters gestaltete **BLUMENTHEATER** ist eine Topfstellage für die Aufstellung dieses Blütenschmucks, bei dem es auch auf den Zierwert der Gefäße ankam. Die Originale der im Sommer hier aufgestellten Terrakottavasen besorgte Franz in Impruneta bei Florenz. Die Sandsteinvasen mit den Löwenköpfen waren ursprünglich als Wassertröge gefertigt worden. Der 1797/98 von Erdmannsdorff errichtete **FLORATEMPEL** geht wie sein Vorbild, der von Chambers in Wilton errichtete Casinobau, auf den Clitumnustempel bei Spoleto zurück und diente als Musikpavillon. Das Obergeschoß, aus dem man einen herrlichen Blick über den mit Beeten in Phallusform (dem Priapos geweiht) geschmückten Blumengarten zum Gotischen Haus erleben kann, wurde von Johann Fischer aus Berlin mit Genien, Floramotiven

und Blumendarstellungen in Wedgwoodgefäßen ausgemalt. Eine zu einer Flora ergänzte antike Statue bildet seit 1803 den plastischen Schmuck und ersetzte eine von Friedrich Wilhelm Eugen Döll gefertigte und als Ofen genutzte kapitolinische Flora, die sich noch heute im Magazin des Wörlitzer Schlosses befindet. Das Untergeschoß des Tempels ist von der Gärtnerei (ursprünglich Baumschule) aus zugänglich und dient seit jeher als Arbeits- und Geräteraum der Gärtner. Die aus Herkulaneum stammende Bronzenachbildung eines antiken ruhenden **HERMES** in einem der Gartenräume des Floragartens wurde im Zusammenhang mit den 1923/24 erfolgten Erweiterungen des Gartenteils durch Hallervorden hier aufgestellt. Als Geschenk an den letztregierenden Herzog Friedrich II. von Anhalt (1856–1918) war die Statue 1914 zunächst im Schloßgarten aufgestellt gewesen.

Floratempel, der Göttin Flora gewidmet

Auch der 1908 von Conrad Herre nach dem zwanzig Jahre zuvor entstandenen Entwurf des letzten Gartendirektors Schoch entstandene **PALMENGARTEN** gehört zu den Veränderungen am Anfang dieses Jahrhunderts. Die Tradition, in den Wörlitzer Baumschulen und Gärtnereien seltene Pflanzenarten heranzuziehen und zu pflegen, ließ im 19. Jahrhundert den Bestand an Pflanzenarten sprunghaft anwachsen. Die vorhandenen Palmen und Kalthauspflanzen konnten mit zunehmendem Alter und Wachstum kaum noch transportiert werden und fanden den Sommer über auf der in der vormaligen Staudenschule neu angelegten Fläche ihren Platz. Im Winter sind diese Gewächse im **PALMENHAUS** untergebracht, welches 1798/99 gleichzeitig mit dem neugotischen **GARTENINSPEKTORHAUS** als Hofgärtnerei errichtet wurde. Nahe der Coswiger Straße hatte sich schon seit den siebziger Jahren ein ummauerter Baumgarten befunden, der nun mit der Vergrößerung und der Konzentration der Aufgaben als Pflegestützpunkt ausgebaut und erweitert wurde. Im 19. Jahrhundert hat sich von hier aus ein umfangreicher Pflanzen- und Samenhandel entwickelt. Das heutige Palmenhaus wurde im Jahre 1923, nach einer im Winter erfolgten Brandstiftung, im ursprünglichen äußeren Erscheinungsbild sofort wieder aufgebaut. In der Nähe der Gärtnerei ist auf der anderen Seite der Coswiger Chaussee das ehemalige **FORSTHAUS**, ein quadratischer Backsteinbau mit einem vorgelegten Turm, das in Anlehnung an den neugotischen Stil der Hofgärtnerei erst 1908 gebaut wurde.

Nördlich der Nutzflächen an der Gärtnerei befindet sich die **ROMANTISCHE PARTIE**, in die man über zwei (ursprüngliche Schwimm-) Brücken oder die **KETTENBRÜCKE** gelangen kann. Letztere wurde 1781 zwischen zwei künstlichen Felsenbauwerken errichtet. Die Holzbohlen, die mit Eisenkrampen auf Trageketten montiert sind, sollen aus der Entfernung wie ein Seil wirken, auf dem Menschen balancieren. Nach der Anregung von William Chambers soll das schwankende Hängewerk die Besucher in Verwirrung und Schrecken versetzen. Diesem aus der Ästhetik des Erhabenen entlehnten Gartenelement ist auch der unter der Kettenbrücke befindliche **WOHN- UND SCHLAFRAUM DES EREMITEN** verpflichtet, in dem eine Moosbank, eine Kochstelle und ursprünglich mit Kerzen, Büchern, Urnen und Totenschädel ausgestattete Nischen auf die vermeintliche ursprüngliche Funktion hinweisen sollen. Über den **BETPLATZ DES EREMITEN**, dessen Altar mit

Sinnsprüchen des Fürsten und Lavaters verziert ist, gelangt man zur **ZELLE DES MYSTAGOGEN**, des „Einführers in die heiligen Geheimnisse". August Rode verweist schon in seiner Beschreibung 1798 auf die von hier ausgehenden beiden Wege: „Den gedankenlosen mühseligen Steig des Menschen ohne Kenntnis und Geisteskultur" zur rechten und den unterirdischen „geheimnisreichen Pfad der Mysten, der Lehrlinge erhabener Weisheit, welche ihren Anhängern (...) geheime Aufschlüsse erteilt, die das Leben durch süße Hoffnungen erheitern". Die Partie, die schließlich in den Grotten der Elemente unter dem Venustempel endet, kann freimaurerisches Gedankengut nicht verleugnen.

An der **LUISENKLIPPE** wurde zwischen 1794 und 1798 wiederholt gearbeitet. Das künstliche Felsenbauwerk mit dem nördlich gelegenen neugotischen Erkeranbau besteht aus Ziegeln, Findlingsblöcken und Bruchsteinen. Die Namensgebung erfolgte aufgrund der 1797 erstmaligen Besteigung der Aussichtsplattform durch Prinzessin Louise Charlotte von Sachsen-Gotha. Diesem Bauwerk steht im elysischen Tal (Friedenstal) ebenfalls auf künstlichen Bruchsteinfelsen der bereits erwähnte **VENUSTEMPEL** gegenüber, ein zehnsäuliger dorischer Sandsteinmonopteros in Form einer offenen Rotunde, der nach dem im Inneren aufgestellten Gipsabguß einer Venus Medici benannt ist. Das nach Boettiger „schönste und ebenmäßigste Gebäude des ganzen Parks" wurde

nach dem Entwurf Erdmannsdorffs 1794 an der Stelle eines bereits seit 1774 hier befindlichen hölzernen Vorgängerbaus errichtet. Als Vorlage für diesen und verschiedene englische Vorbilder diente die Ruine des Venustempels in der Hadriansvilla in Tivoli. Direkt unter dem Standbild der Venus befindet sich die Grotte Vulkans, daneben die Grotte Aeols und Neptuns. Den vier Elementen Erde, Feuer, Luft und Wasser gewidmet, dienen die unterirdischen Bauwerke dem allegorischen Erkenntnisweg,

Venustempel, vom Küchengarten aus gesehen

den der bewußte Besucher in der Zelle des Mystagogen beginnt.

Neben dem Wall an der Coswiger Fahrt nordwestlich der Romantischen Partie, wo bei Hochwasser die Straße mit Holzbohlen und Lehmfüllungen geschlossen wurde und deren dafür vorgesehenen Vorrichtungen noch heute im Hochwasserfall in gleicher Art geschlossen werden, befindet sich das auch aus der unteren Grotte der Luisenklippe sichtbare, nordischer Dichtertradition gewidmete **SKALDENGRAB**. Der von Findlingssteinen umkränzte Erdhügel war vor den Deicherhöhungen (nach 1773) vom Gotischen Haus aus zu sehen. Auf einem Plateau auf der anderen Straßenseite beschrieb Rode 1798 ein Wurzelhaus, eine hölzerne Laube, die nicht mehr vorhanden ist und bereits damals als Außenwerk betrachtet wurde. Auf dem Deich in östlicher Richtung des Venustempels gelangt man in Höhe des Kleinen Wallochs zu einem Findlingssitzplatz, von dem ein Sichtenfächer mit zahlreichen Blickpunkten im Garten zu erle-

Goldene Urne, Sichtachsen zu Synagoge und Kirche

ben ist. Rechts sieht man die mit Sitzen versehene **HOHE BRÜCKE** über der Einmündung des Kettenbrückenkanals, durch die man in der Entstehungszeit Bootsausflüge am Wachhaus Mittelhölzer vorbei bis hin zum Krägensee unternehmen konnte. Die aus Felssteinen gewölbte Bogenbrücke wurde 1786 von Hesekiel errichtet. Verfolgt man den Weg auf dem Deich in östlicher Richtung weiter, stößt man am **MONUMENT** auf die Hauptachse des Schlosses, die vor der Errichtung des Felsenbauwerkes über fünf Kilometer bis nach Coswig führte. Eine aus Rom stammende antike Granitsäule mit einem klassizistischen Postament bekrönt das zwischen 1801 und 1805 errichtete Bauwerk mit dem unregelmäßig achteckigen Grundriß, welches durch die von Friedemann Hunold (1773–1840) geschaffenen Reliefbrustbilder im mittleren quadratischen Raum den Vorfahren des Fürsten Franz gewidmet ist. Nach dessen Tode wurde die Sammlung durch eine Franzbüste und nach 1871 durch ein Bildnis des Herzogs Leopold Friedrich ergänzt.

Mit der Gestaltung des Stimmungsbildes an der **GOLDENEN URNE** wurde ab 1769 nach einem Entwurf Erdmannsdorffs begonnen. Als Grabmal der verstorbenen ersten Tochter des Fürstenpaares, auf einem ursprünglich mit Pyramidenpappeln gesäumten Rasenhügel, wurde am Rande des Agneskanals eine vergoldete Sandsteinurne errichtet. Später wurde auf dem Wall oberhalb der Urne ein runder Ruhesitz aus Findlingssteinen gebaut, der je nach Blickrichtung in einem Kranz die Sichten einrahmender Linden unterschiedliche Gartenbilder erleben läßt. In Richtung der Urne sieht man die aufgeklärt tolerante Politik des Fürsten als Gestaltungsmotiv in den Garten übertragen: Gleichberechtigt stehen die jüdische Synagoge und das christliche Gotteshaus nebeneinander. Den Kontrast zu den langen, schmalen Sichtbeziehungen bilden der Wiesenraum der Schochschen Insel und jenseits des Sees (Schloßgarten) das Stimmungsbild mit der Muschelnymphe. In anderer Richtung gleitet der Rundblick zum Floratempel und zur Hohen Brücke, zum Monument oder in die Elbaue, zum Pantheon oder zum Wachhaus zum Pferde.

DER WEIDENHEGER

Der Garten auf dem Weidenheger zwischen dem Wörlitzer See, dem Agneskanal, dem Elbdeich und den östlich gelegenen Neuen Anlagen entstand im Wesentlichen durch Aufspülungen und nachfolgende Landschaftsgestaltungsmaßnahmen infolge der Hochwasserschäden in den Jahren 1770 und 1771. Damals waren die neu angelandeten Flächen durch Weidenpflanzungen nördlich und südlich des Sonnenkanals geschützt und befestigt worden.

Noch vor der Hochwasserkatastrophe wurde 1769 im Norden des Hegers ein von Erdmannsdorff entworfenes **WACHHAUS ZUM**

PFERDE errichtet, das nach dem Basrelief eines in Tivoli (bei Rom) gesehenen antiken Grabmals gestaltet wurde. Die zweigeschossige Sandsteinfassade mit dem anschließenden Fachwerkbau diente Hochwasserschutzzwecken und bildete in der Anfangszeit den östlichen Abschluß der Wörlitzer Gestaltungen. Den Abschluß der Blickachse zur Muschelsucherin im Schloßgarten bildet die von Pfeiffer gefertigte Plastik eines **DORNENAUSZIEHERS** (Spinarius), die 1782 aufgestellt wurde. Die auf Fernwirkung berechneten großen Plastiken korrespondieren im Programm des Gartens miteinander. Über eine **SCHWIMMBRÜCKE** am westlichen Ende des Sonnenkanals, die im Verlauf der großen Gondelfahrt vom Bootsführer zur Durchfahrt ausgehakt werden mußte und die die Pontonbrücke in der Geschichte der Brückenbaukunst verkörpert, gelangtman auf den **KLEINEN HEGER**. Um den Wassergraben mit dem **VENUSBAD** (Hufeisen) führte ursprünglich der Weg herum, ehe im 19. Jahrhundert die kleine Holzbrücke und die Rosenlaube errichtet wurden. Man gelangte durch das um 1785 erbaute **WURZELHAUS** (Borkenhaus), ein als Badehütte genutztes mit Borke und Stroh verkleidetes Fachwerkgebäude, zur Amtsfähre. Diesen Übergangspunkt zum Schloßgarten schmückt eine 1782 von Pfeiffer gefertigte Kopie einer **KNIENDEN VENUS** (Antike in der Villa Medici, Rom), die

Der Dornenauszieher bildet den Abschluß einer Blickachse

sich aus der Entfernung vor den Augen der Besucher zu verstecken scheint.

DIE NEUEN ANLAGEN

Sie erhielten ihren Namen nach der Erweiterung der Gartenflächen am Anfang der 90er Jahre des 18. Jahrhunderts. Etwa ein Jahrzehnt lang wirkte hier der Gärtnersohn Johann George Schoch d. J. an der Herausbildung einer großzügig weiträumigen Landschaft mit den Schwerpunkten am Großen Walloch und an der Insel Stein. Die Neuen Anlagen zwischen dem Wörlitzer See im Süden und dem Elbdeich im Norden werden von der Wassermühlenfahrt im Osten und dem Weidenheger im Westen begrenzt. Der wiederum veränderte Gestaltungscharakter in diesem Bereich zeigt nun nicht mehr eine Folge einzelner Gartenbilder, sondern weite Landschaftsräume, die von wenigen Gartenbauwerken im Stil der Reiseeindrücke beherrscht werden. Die großen Nutz- oder Gewässerflächen werden von durch lange Sichtbeziehungen unterbrochenen Galeriepflanzungen im Bereich der Gewässer, Kanäle und Deiche eingerahmt und durch diese gegliedert.

Am **GROSSEN WALLOCH** beherrscht das Pantheon die künstlerisch gestaltete Landschaft, welche Schoch aus dem durch ein Loch im Wall entstandenen **BÜRGERKOLK** in den 90er Jahren des 18. Jahrhunderts geformt hatte. Zwei Landzungen waren zu Inseln gegraben worden – die Amalieninsel und die Insel der Totenerinnerung erhielten durch den Aushub kleine Hügel. Auf dem Elbdeich errichtete Erdmannsdorff 1795–97 das **PANTHEON**, dessen Untergeschoß in den verbreiterten Deich eingelassen ist. Der dreigeschossige Rundbau, dessen viersäuliger Vorbau mit der Dreieckgiebelbekrönung über zwei Geschosse reicht, erhielt auf seinem Dach eine Aussichtsplattform. Das Tor de'Schiavi, ein römisches

Rundgrab, aber auch Pantheon-Nachbauten in England gelten als Anregung für den entsprechend seiner Eingangsinschrift „Den

Freunden der Natur und Kunst" gewidmeten Musentempel. Im Inneren war die vorwiegend 1796 durch den Maler Rehberg in Italien erworbene Antikensammlung des Fürsten aufgestellt. Auch die innere Ausgestaltung des über zwei Geschosse reichenden und vom Berliner Maler Fischer ausgemalten runden Kuppelraumes ist nach den jüngsten Forschungen Hirschs an das Tor de'Schiavi angelehnt. Symbolhaft stehen die Werke der klassischen Antike im Obergeschoß über Dölls Gipsnachbildungen altägyptischer Gottheiten im unteren Grottengeschoß. Unter den Antiken heben sich besonders die Marmorstatuen des Apoll und der neun Musen hervor, die wegen eines Ausfuhrverbots auf Umwegen erst 1803 an ihren Platz gelangten.

Am Ostufer des Großen Wallochs wurde bereits 1772, als der Schreck über die Verwüstungen der Hochwasserkatastrophe noch recht tief saß, das **ROTE WALLWACHHAUS** errichtet. Es diente dem damals neuen Aufsichts- und Warnsystem und beherbergt Schutzmaterial und Werkzeug. Im Obergeschoß enthält das von Erdmannsdorff entworfene und zuweilen vom Fürsten bewohnte Gebäude zwei kleine Zimmer, von denen das eine zum Schloß und das andere zum Protheusstein (Gedenkstein zum Hochwasserschutz in der Auenlandschaft) gerichtet ist. In der Nachbarschaft des Roten Wachhauses überspannt eine **BRÜCKE AUS EINEM GETEILTEN EICHENSTAMM** den historischen Zufluß des Wörlitzer Sees. Der wie ein umgefallener Baum wirkende Baumstamm stellt im Brückenprogramm eine sehr frühe Brückenform dar und führt zum **PIEMONTESER** (auch Italienischen) **BAUERNHAUS**, das 1792/93 von Hesekiel errichtet wurde. Der Legende nach soll es der Großherzog Carl August von Sachsen-Weimar gestiftet haben, der mit Goethe oft in Dessau und Wörlitz weilte.

Die **AMALIENINSEL** im östlichen Großen Walloch erhielt ihren Namen nach der Erbprinzessin Christine Amalie (1774–1846). Die Einweihungsfeier der vom Baudirektor Hesekiel errichteten Amaliengrotte war anläßlich ihres 19. Geburtstages 1793 erfolgt. In der Entstehungszeit galt dieses Eiland als eines der beliebtesten Ziele von Gondelfahrten und Festlichkeiten im Garten. Auf dem mit Findlingssteinen verkleideten Backsteinbauwerk wurden 1795 die Hermen der altgriechischen Lyriker Sappho und Anakreon aufgestellt und eine Weinlaube errichtet. Die umfassende Rekonstruktion von der durch Biber unterwühlten und gefährdeten Insel und Grotte wurde 1993 abgeschlossen. Am Westrand des Großen Wallochs entstand durch die Weiterführung des Georgenkanals in Richtung Pantheon die **INSEL DER TOTENERINNERUNG**, auf der einige steinerne Ruhesitze und ein 1797 errichtetes Sandsteinmonument (Cippus) zum besinnlichen Aufenthalt bei einer Bootsfahrt einladen. Im Volksmund ist wegen der Inschriften der Name Herder-Insel gebräuchlich, weil der auf dem Cippus befindliche Text Johann Gottfried Herders Zerstreuten Blättern entnommen ist: „Sterbliche sind wir, und sterblich all unsere Wünsche; Leid und Freude, sie gehen, oder wir gehen vorbei."

Die gelb gestrichene, strahlenförmig an den Brückenbogen angesetzte Eisenverzierung der 1796 errichteten **SONNENBRÜCKE** wirkt gemeinsam mit ihrer Spiegelung im Wasser wie der Strahlenkranz der Sonne und soll auf die hohe Kultur der Inkas verweisen. Bei Sonnenauf- oder untergang erlebt man während der Bootsfahrt die Spiegelung der Sonne in diesem Strahlenkranz. Die Brücke führt über den Anfang des Sonnenkanals; man gelangt auf die Ackerfläche, von der ein Weg zurück zum Weidenheger oder ein anderer nach Süden in die italienische Landschaft führt.

Der Stein (Ausschnitt), Carl Kuntz, 1800

Über letzteren gelangt man entlang des 1789/90 gegrabenen Georgenkanals zu dem mit Ruheplätzen verzierten Georgental, das nach Prinz Johann Georg (1748–1811), dem Bruder des Fürsten Franz benannt ist. Hier führt die 1791 errichtete **EISERNE BRÜCKE** direkt neben einer Furt über das Wasser. Im Wörlitzer Brückenprogramm steht demnach die damals modernste Brücke neben der primitivsten Möglichkeit zur Überwindung eines Gewässers. Der 1:4 verkleinerte Nachbau der damals aufsehenerregenden ersten Gußeisenbrücke von Wilkinson in Coalbrookdale (Shropshire) wurde 12 Jahre nach seinem Vorbild errichtet. Ein **GARTENSITZ** in südlicher Richtung ermöglicht in der Nähe der erst in den 1960er Jahren errichteten Wirtschaftsbrücke den Blick über die Ackerkulturen zum weit entfernten Venustempel.

Die in den 1790er Jahren aus einer Landzunge herausgegrabene **INSEL STEIN** entstand als südöstlicher Schwerpunkt der Wörlitzer Anlagen in Anlehnung an die Hadriansvilla in Tivoli bei Rom. Das unregelmäßige Backsteinbauwerk, das mit einer Natursteinverkleidung aus vorwiegend gebrochenen oder ganzen Findlingen versehen ist, wurde zunächst auf dieser Landzunge errichtet und am Ende der Bauzeit vom Land abgetrennt. „Hier ist auf einer (...) Insel (...) ein feuerspeiender Berg (Vesuv), ein lateinisches Theater, ein antikes Grabgewölbe mit Aschenkrügen, Trümmer eines antiken Gymnasiums, eine (...) Villa, Höhlen, Grotten, hohe Bogengänge, Badezimmer, ein Kabinett des Tages und ein Kabinett der Nacht usw. wunderbar zu einem Ganzen zusammengeschoben (...). Ein Werk der schöpferischen Phantasie des Fürsten, dem es zur Erinnerung an Vieles, was er in Italien gesehen, dienen sollte (...)" (Reil, 1845). Die pädagogische Absicht des Erbauers kommt auch bei dieser zwischen 1788 und 1794 errichteten Sammlung von Reiseimpressionen aus dem Golf von Neapel zum Ausdruck, deren Charakter durch die Art der Bepflanzung mit Feigen, Agaven, Wein, lombardischen Pappeln und pinienförmig geschnittenen Kiefern und Rotzedern in naher Umgebung noch unterstrichen wurde. Der 1791–94 von Erdmannsdorff ausgeführte verkleinerte Nachbau der **VILLA HAMILTON**, in deren Vorbild die Dessauer Reisegesellschaft in Neapel zu Gast war, wurde mit einer Sammlung wertvoller Gemälde mit italienischen Motiven ausgestattet. Unter ihnen sind die Gouachen von Erdmannsdorffs Zeichenlehrer Charles-Louis Clérisseau (1722–1802) hervorzuheben, die sich heute im Schloß befinden.

Schloß Oranienbaum (1683–1698), Gartenseite

ORANIENBAUM – EIN BAROCKES GESAMTKUNSTWERK

Das ab 1683 begründete Ensemble von Stadt, Schloß und Park Oranienbaum ist ein im Osten Deutschlands recht seltenes Beispiel für planmäßig, in fürstlichem Auftrag entstandene Barockanlagen. Eine bedeutende andere Gründung solcher Art aus gleicher Zeit, Schwedt an der Oder, wurde im Zweiten Weltkrieg zerstört. Im ländlichen, durch niederländischen Einfluß geprägten Oranienbaum haben sich bis heute die Grundstrukturen der Stadtgestaltung, insbesondere der axiale Bezug auf das Schloß, erhalten.

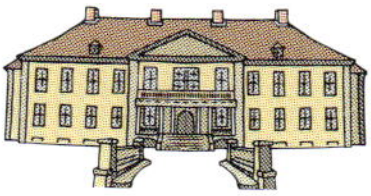

Die Quartiere der Stadt entsprachen zunächst etwa der Breite von Schloß und Garten. Im Mittelpunkt einer Querstraße erweitert sich die zentrale, auf das Schloß zuführende Straßenachse zu einem quadratischen, mit doppelten Lindenreihen bepflanzten Marktplatz. Am südlichen Ende der Querstraße erhebt sich die später, 1704 oder 1707 begonnene und 1712 geweihte **STADTKIRCHE**. Das über ovalem Grundriß errichtete Bauwerk mit seinem mächtigen Walmdach ist schon von weitem sichtbar. Der Raumeindruck der Kirche wird durch zweigeschossige, von Säulen getragene Emporen beherrscht.

Da dieses Gotteshaus für die Angehörigen des im Lande dominierenden reformierten Glaubens bestimmt war, ist am Rande des Parkes 1751/52 eine weitere, kleinere Kirche für die Lutheraner errichtet worden. Von ihr blieb nach dem Umbau zu Wohnzwecken 1920 allein die achteckige Grundgestalt erhalten. Im Zentrum des Marktplatzes erhebt sich eine plastisch reich dekorierte Sandsteinvase mit schmiedeeisernem Orangenbaum.

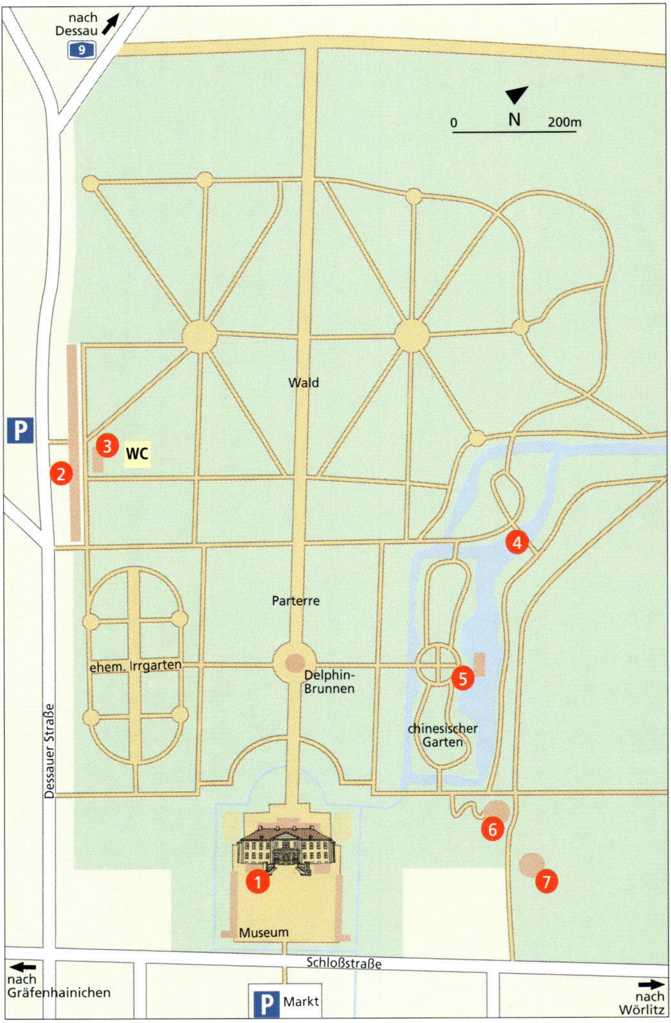

ORANIENBAUM

1 Schloß
2 Orangerie
3 Wirtschaftsgebäude
4 Felsenbrücke
5 Teehaus (Gartenhaus)
6 Pagode
7 ehemalige lutherische Kirche

Die Orange ist das Wappensymbol der Oranier, jener Herrscher, die als Generalstatthalter der Niederlande während des Befreiungskampfes gegen die habsburgische Herrschaft eine bedeutende Rolle spielten.

Im Jahre 1659 hatte Johann Georg II. von Anhalt-Dessau (1627–1693) die Prinzessin Henriette Catharina von Nassau-Oranien (1637–1708) geheiratet. Der Oranierin, deren Heimatland im Goldenen Zeitalter damals eine Blüte erlebte, verdanken Anhalt-Dessau und auch Oranienbaum entscheidende Impulse in Wirtschaft und Kultur. Wichtige Wirtschaftszweige im Ackerbürgerstädtchen, die ihre Bedeutung bis ins 20. Jahrhundert behielten, waren der Tabakanbau und die Tabakverarbeitung. Fürst Johann Georg II. stand in militärischen und diplomatischen Diensten Friedrich Wilhelms von Brandenburg (1620–1688). Da der Große Kurfürst mit der älteren Schwester der Prinzessin verehelicht war, dürfte die Vermittlung der Heirat auf ihn zurückzuführen sein. Damit wurde die über ein Jahrhundert währende enge Verbindung beider Länder begründet.

Henriette Catharina fand offenbar Gefallen an der Lage des Ortes Nischwitz, der lange wüst gelegen hatte und in dem nur wenige Bauten existierten. 1673 wurde er in Oranienbaum umbenannt, und zehn Jahre später begann man, mit seiner Neugestaltung auch das Schloß und den Park zu errichten. Für diese Aufgabe zog die Fürstin einen Landsmann, den niederländischen Baumeister Cornelis Ryckwaert († 1693), heran. Dieser Schüler des bedeutenden Architekten Pieter Post wurde 1662 erstmals urkundlich erwähnt, wirkte als kurbrandenburgischer Festungsbaumeister in Küstrin und entwarf die Pläne für Schwedt an der Oder. Er war auch beim Bau des Schlosses und der Trinitatiskirche in der Residenzstadt des benachbarten Landes Anhalt-Zerbst tätig.

In Oranienbaum entstand ein massiver Bau, an den eingeschossige hölzerne Galerien angefügt waren. Der Altan über der Säulenloggia an der Parkseite ermöglichte eine Korrespondenz zwischen innen und außen, ebenso Gartenterrassen an den Stirnseiten des Gebäudes und Aussichtsplattformen auf den Galerien. Offenbar recht bald sind diese Galerien aber durch doppelgeschossige Flügel ersetzt worden. Das nun dreiflügelige **SCHLOSS** entsprach einem Typus, der sich in dieser Zeit gegenüber den geschlossenen und noch dem Festungsbau verwandten Anlagen durchzusetzen begann.

Cornelis Ryckwaert starb bereits im Jahre 1693. Zunächst übernahm sein Sohn Adrian die Bauleitung, dann der in Anhalt-Dessau tätige Johann Tobias Schuchart († 1711). Beiderseits des Schlosses wurden in symmetrischer Anordnung Fachwerkbauten angefügt: zweigeschossige Kavalierhäuser sowie Stallungen und Wagenremisen, zur Stadt hin abgeschlossen durch quergelagerte Stallgebäude. Durch Gänge in diesen Quergebäuden gelangte man ursprünglich in die Gartenanlagen.

Grund für die Erweiterung des Bauwerkes mag gewesen sein, daß Henriette Catharina beim Tode ihres Gatten 1693 Oranienbaum als Witwensitz wählte und bis 1698, dem Jahr der Herrschaftsübernahme durch Leopold I. (1676–1747), des wegen seiner Leistungen in der preußischen Armee bekannt gewordenen Alten Dessauers, die Regentschaft innehatte. Bei der Einweihung des Schlosses 1698 war ein Ensemble entstanden, das den ursprünglichen Plänen Ryckwaerts zwar nicht mehr entsprach, aber als gestaffelter Gruppenbau dennoch niederländischen Charakter besitzt.

Große Teile des Schlosses werden gegenwärtig noch durch das Landesarchiv Oranienbaum, in dem wichtige Zeugnisse der Geschichte Anhalts lagern, genutzt. Deshalb wurde im linken Seitenflügel ein **MUSEUM** eingerichtet, das die Möglichkeit bietet, Einblicke in die Entwicklung Oranienbaums und die Ausstattung des Schlosses zu gewinnen. Im Inneren des Hauptgebäudes erschließt ein schlichtes, eindrucksvolles Treppenhaus in Holzkonstruktion den Zugang zu den einzelnen Geschossen. Vielfach beherrschen kraftvoll stuckierte Decken den Raumeindruck. Wahrscheinlich war der bedeutende Stukkateur Giovanni Simonetti an deren Gestaltung beteiligt. Besonders bemerkenswert sind ein mit holländischen Ledertapeten ausgestatteter Saal und im Souterrain ein gewölbter Raum mit Fliesen Rotterdamer Art sowie Fliesengemälden antiker Planetengottheiten. In der zweiten Hälfte des 18. Jahrhunderts ließ dann Fürst Franz (1740-1817) mehrere Räume im chinesischen Stil umgestalten, mit Tapeten oder Wandmalereien versehen und entsprechend möblieren.

Von der weitläufigen Parkanlage am Schloß Oranienbaum gingen im 20. Jahrhundert die seitlich des Gebäudes gelegenen Teile durch Bebauung verloren. Heute wird das Bild beherrscht durch die von Hecken gerahmten Rasengevierte des Gartenparterres, dessen Detailgliederung und ornamentale Gestaltung bereits im 18. Jahrhundert aufgegeben worden waren. Westlich grenzt das Boskett an, ein von sternförmigen Wegen durchzogenes Waldgebiet. Ursprünglich jedoch war es ein Tiergarten. Am Südrand der Anlage erstreckt sich eine ausgedehnte, 1812 bis 1818 von Carlo Ignazio Pozzi (1766–1842) in klassizistischen Formen errichtete Orangerie. Hier findet jährlich das Internationale Gartenfestival statt. Die seit einiger Zeit wiederbelebte Orangenzucht in Oranienbaum besitzt eine lange Tradition. Orangen und andere Kübelpflanzen dienten seit jeher dem Schmuck der Gartenräume. Bis zu 550 Orangenbäume waren hier einst vorhanden. Von der niederländischen Prägung auch des Parks, der im Vergleich zu französischen Anlagen in seiner Ausdehnung eher quer- als längsorientiert ist, zeugt vor allem noch ein Wassergraben. Er umschließt den gesamten Schloßkomplex und schwingt auf der Gartenseite in einem Bogen aus. Eine von Linden gerahmte Querachse mündet an dieser Grabenausbuchtung ein und ermöglicht den seitlichen Zugang zum Park.

Nachdem im nahe gelegenen Wörlitz ein großer Landschaftsgarten entstanden war, sind auf Veranlassung des Fürsten Franz in den Jahren 1793 bis 1797 der barocke Inselgarten und ein Teil des angrenzenden Waldgebietes umgestaltet worden. Diese chinoise Anlage ist in ihrer Geschlossenheit und in ihrem Erhaltungszustand von herausragender Bedeutung in Mitteleuropa. Wasserläufe, ein Teich, Inseln, kleine Brücken und Schlängelwege gliedern das in Bodenerhebungen modellierte Terrain. Eine **PAGODE** und ein Gartenhaus setzen architektonische Akzente. Angeregt wurden die Entwürfe für diese Gebäude durch eine Publikation des englischen Architekten und Gartengestalters Sir William Chambers und seinen Pagodenbau in Kew Gardens bei London. Nach ihrer Restaurierung ist die Pagode wieder als Aussichtsturm zugänglich. Das im Wasser über einem Findlingssockel gegründete **GARTENHAUS** birgt drei Räume. Von der vielfältigen Ausstattung, unter anderem mit chinesischen Papiertapeten, ähnlich denen im Schloß Wörlitz, und mit Porzellanen, ging nach dem Zweiten Weltkrieg

Als Aussichtsturm zugängliche Pagode im Chinesischen Garten

viel verloren. Teile des Mobiliars, übrigens auch aus der barocken Ursprungsausstattung des Schlosses, gelangten in das Museum Schloß Mosigkau. Dennoch beeindruckt immer noch der erhöhte Mittelraum mit seinen Malereien und der hier erhaltenen Tapete.

Mit dem **CHINESISCHEN GARTEN** wurde die Gestaltung des historischen Ensembles von Stadt, Schloß und Garten Oranienbaum im wesentlichen abgeschlossen, eines Gesamtkunstwerks, dem seit einigen Jahren intensive Bemühungen um Pflege, Restaurierung und weitere Erschließung gelten.

IN KÜRZE

Von 1683–1698 wurden der Ort Oranienbaum nach Plänen des niederländischen Baumeisters Cornelis Ryckwaert († 1693) neu gestaltet, ein Barockschloß errichtet und ein Park angelegt. Der niederländische Einfluß ging auf die Prinzessin Henriette Catharina von Nassau-Oranien (1637–1708) zurück, die mit Fürst Johann Georg II. von Anhalt-Dessau (1627–1693) verheiratet war.
Das Schloß dient heute als Landesarchiv. Ein Museum befindet sich im Seitenflügel. In der Orangerie findet jährlich das Internationale Gartenfestival statt. Die Orangenbaumzucht wurde in Oranienbaum wiederbelebt. Von herausragender Bedeutung in Mitteleuropa ist der Chinesische Garten.

Die Skulptur der Jagdgöttin Diana

Sieglitzer Park - Ein Waldpark an der Elbe

„Dem Städtegetümmel der Sorgengebiete enteilet die Freude, besucht die Flure ...“

Abseits der alten Wegverbindung zwischen Dessau und dem alten Fischerdorf Vockerode ließ Fürst Franz einen Waldpark anlegen. Der kenntnisreiche Kritiker Fürst Charles Joseph de Ligne bemerkte dazu in seiner Gartenreise durch Europa 1799: „Es ist die reizendste Wildnis, die ich kenne.“

Waldwege führen durch die mit jahrhundertealten Eichen bestandenen Auen zum fern aller Hektik gelegenen Park. Er liegt auf einer hochwasserfreien Anhöhe, dem Sieglitzer Berg, und umfaßt etwa 23 Hektar. Die gestalterischen Eingriffe des Gärtners in die natürlichen Gegebenheiten kann man hier, im Vergleich zu den übrigen Anlagen des Gartenreichs, kaum wahrnehmen. Genau das war die Absicht des Fürsten, der hier in der Wirkung eine „geordnete Wildnis“ wünschte.

Die umgebenden Wälder und das eingezäunte Areal des Parks dienten dem Fürsten zur Jagd. Drei unterschiedlich gestaltete Tore durchbrachen im 18. Jahrhundert das Wildgatter.
Will man sich der Anlage von Osten auf dem Elbdeich aus Richtung Vockerode nähern, muß zunächst die Autobahnbrücke unterfahren werden. Weithin sichtbar liegt der **Dianentempel** direkt auf dem Elbdeich. Ganz sicher hat auf die äußere Form Andrea Palladios berühmte Villa Rotonda als Vorbild gewirkt. Eine repräsentative Rotunde im Innern des ursprünglich dem Hochwasserschutz dienenden Gebäudes gleicht, freilich etwas

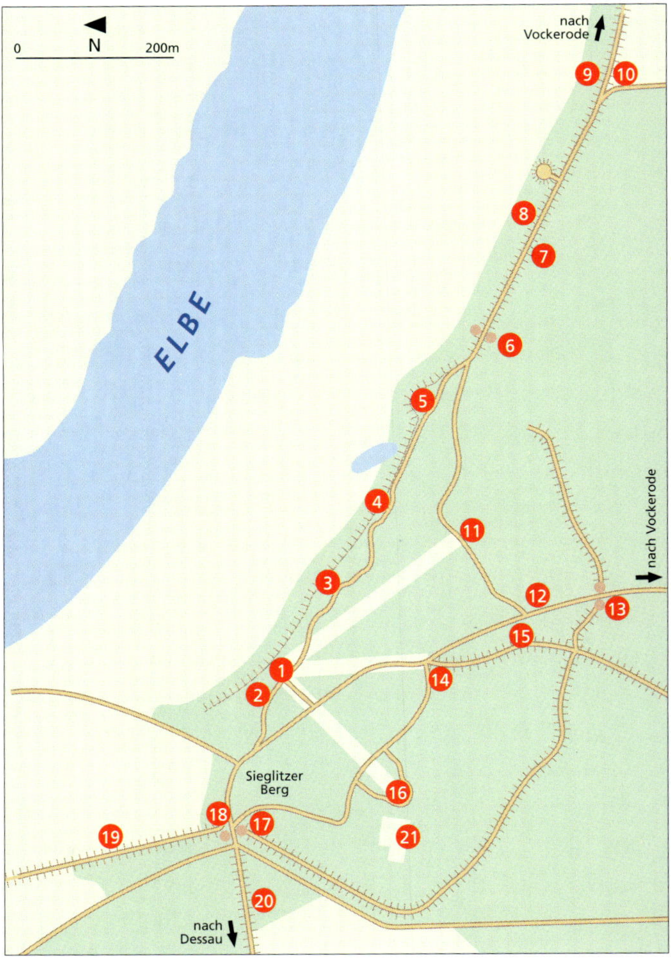

Park am Sieglitzer Berg

1. Solitüde (Fundamente)
2. Küchengebäude (Ruine)
3. Burgmauer
4. Sitz
5. Burghügel
6. Burgtor
7. Wildeinsprung
8. Elbwall
9. Faun
10. Diana
11. Sogenannte Diana
12. Standort des Opfersteins
13. Vockeroder Tor
14. Wilhelmsvase
15. Vasenwall
16. Postament des Faun
17. Dessauer Tor
18. Hochwassermarke
19. Platanenwall
20. Kupenwall
21. Streuobstwiese

schlichter ausgeführt, dem Vestibül des Wörlitzer Schlosses. Der Name des Hauses verweist auf die wildreichen Wälder der Umgebung. Hier wacht die römische Jagdgöttin Diana.

Zwei weiße Statuen in der Ferne ziehen den Blick des Betrachters auf sich und markieren den Eintritt in die Wälder des Sieglitzer Parks. Doch auch ein Blick zurück lohnt sich. Die imposante Autobahnbrücke aus den 1930er Jahren ordnet sich aus dieser Entfernung schon fast in das Landschaftsbild ein. Die Bildmotive einer **DIANA** zur Linken und die eines **FAUNS** zur Rechten der Wallkrone gehen auf antike Vorbilder zurück und verweisen auf die ursprünglich beabsichtigte Bestimmung der Gegend. Im abgeschiedenen Reich der Jagdgöttin Diana herrschte unumschränkt und allein der jagende Fürst. Andererseits sollte der Ort auch der Entspannung und geheimen Zusammenkünften dienen, wovon später die Rede sein soll.

Dichte Vegetation läßt das in neugotischen Formen errichtete **BURGTOR** allenfalls erahnen. Aus der Nähe betrachtet, erinnert der Backsteinbau an die Kulissenarchitekturen des englischen Architekten Sanderson Miller in Prior Park in der Nähe von Bath. Ursprünglich befand sich im heute offenen rundbogigen Tor ein hölzernes Wildgatter. Fürst Franz versuchte dem Gebäude zusätzliche Patina zu verleihen, indem er mittelalterliche Spolien (Versatzstücke) in den Mauerverband über dem Tor einsetzen ließ. Bis etwa 1980 gab es eine sandsteinerne Wappentafel über dem Torbogen (inzwischen völlig verwittert) und Löwenmasken unterhalb der Turmzinnen (leider gestohlen). Dank der praktischen Maurerinitiative zweier Gartenreich-Enthusiasten konnte das Tor im Erdmannsdorff-Jahr 1986 vor dem geplanten Zusammenbruch gerettet werden. Leicht geschwungene Wege führen entlang des Walls zunächst zu den sogenannten

BURGTRÜMMERN. Um einen altertümlichen Charakter vorzutäuschen, ließ der Bauherr ein inzwischen umgestürztes Renaissance-Portal aus Sandstein errichten. Unweit hiervon findet man die Reste der Burgmauer. Das verwendete Baumaterial ist beachtenswert, denn es handelt sich um Bruchsteine aus Thüringen. Zum Einsatz gelangte Kalkstein aus Gothaer Steinbrüchen, der auf Grund seiner besonderen Struktur im Volksmund „Erbsenstein" genannt wird, und schließlich Ehringsdorfer Travertin. Für die Lieferung dieser fremden Baustoffe sorgte der bekannte Weimarer Unternehmer Friedrich Justin Bertuch, der sehr intensive Geschäftskontakte mit dem Dessauer Hof pflegte.

Unterhalb der Burgmauer gab es ehemals eine kleine Hafenanlage. Infolge mehrerer Verlagerungen des Flußbettes der Elbe im Verlauf des 19. Jahrhunderts verlandete das Hafenbecken, an das heute noch ein Altwasser erinnert. Der Fluß grub sich während mehrerer Überschwemmungen Anfang des 20. Jahrhunderts sein neues Bett und veränderte damit die ursprüngliche Situation, ohne jedoch dem Park zu schaden. Lediglich die reizvolle Anbindung an die Elbe, wie sonst nirgends vorhanden, entfiel durch Naturgewalt.

Wir folgen nun einem Diagonalweg, der uns nach einigen Minuten zum **DENKMAL DER DIANA** führt. Auch diese Skulptur verweist auf einen Zweck der Parkanlage - ein Jagdreservat des Fürsten. In Sichtweite steht der sogenannte **OPFERSTEIN** mit empfindsamen Inschriften aus dem 18. Jahrhundert: *„Dem Städtegetümmel der Sorgengebiete/Enteilet die Freude/Besuchet die Fluren/Wann Luna die schweigenden Haine durchirrt/Belauschen uns Hirten und tanzen uns nach."*

Der Verfasser Ernst Wolfgang Behrisch war Anhalt-Dessauischer Prinzenerzieher und Berater des Fürsten Franz. Goethe kannte ihn aus seiner Leipziger Studentenzeit. Ewald von Kleist, dessen Porträt wir in der Wörlitzer Schloßbibliothek finden, ist der Verfasser folgender Verse: „*Hier reizt der Nachtigall Lied/Durch tausend laufende Töne/Der West im Rosengebüsch/Bläst süße Düfte zur Flur/Dort strahlt im glänzenden Strohm/Das Bild ehrwürdiger Eichen/Und flieht nebst Ufer und Strauch/Des Schiffers fliehenden Kahn.*"

Von Friedrich von Hagedorn stammt die dritte Dichtung auf dem Stein: „*Es webet und wallet und spielt/Das Laub um jeden Strauch/Und jede Stunde fühlt/Des lauen Zephirs Hauch/Was nur vor Augen schwebt/Gefällt und hüpft und singt/Und alles alles lebt/Und alles scheint verjüngt.*"

Südlich des Opfersteins liegt das klassizistische **VOCKERODER TOR**. Sein heller Anstrich zieht den Spaziergänger schon von weitem an. Wir wenden uns aber nach Norden zur **WILHELMS-VASE**. Das Monument erinnert an den während des Siebenjährigen Krieges in der Schlacht bei Torgau gefallenen Grafen Wilhelm von Anhalt. Es steht leicht erhöht auf einem hier in das Gelände übergehenden alten Hochwasserdeich. Hier fällt auf, daß der Fürst an besonders bedeutende Familienmitglieder mit dergleichen antikisierenden Monumental-Urnen erinnerte (Goldene Urne und Dietrichs-Monument in Wörlitz, Wilhelminen-Vase im Beckerbruch Dessau). In den Sockel ließ Fürst Franz die Inschrift anbringen: „*Auf des Sieges Gefilde sank er der Offene der Heitere/In Feldern des Friedens da sehen wir ihn wieder den Mitwandler in Gefahren/Des edles Blut so frühe floss/Wilhelm Graf von Anhalt geboren den 15. März 1727 blieb in der Schlacht von Torgau den 3. November 1760.*"

Seine persönliche Verbundenheit drückte er mit einer zusätzlichen Inschrift im Sockelbereich aus: „Dieses Denkmal ward ihm von zwei Freunden Franz und Berenhorst gestiftet". Leider wurde das Monument in den letzten Jahrzehnten schwer beschädigt und geplündert. Graf Wilhelms Porträtrelief wurde aus der Vase gebrochen, das Denkmal gestürzt und schwer beschädigt. Eine für die Gartenkunst des Fürsten Franz typische Sichtachse leitet den Blick vom Denkmal zum zentralen Bauwerk der Anlage. Auf leicht ansteigendem Boden erheben sich in etwa 300 Meter Entfernung die Fundamente der **SOLITUDE**. Das einem dorischen Tempel gleichende Bauwerk entstand ab 1777. Von Beginn an sah es der Bauherr für Badeaufenthalte vor. Heute ist bekannt, daß der Fürst an rheumatischen Beschwerden litt. Daher ließ er sich hier in aller Abgeschiedenheit ein Heilbad errichten. Das kleine Waldschloß erhielt ein Badezimmer, wovon uns eine Zeichnung des berühmten preußischen Architekten Friedrich Gillys unterrichtet. Warmes Wasser für die lindernden Bäder bezog man über ein Röhrensystem aus dem nahegelegenen **KÜCHENGEBÄUDE**, das in einem antikisierenden Säulenstumpf verborgen lag.

Weiterhin verfügte das elegante Gebäude über einen Saal mit Kamin, ein Kabinett, ein Schlafzimmer mit Alkoven und eine kleine Küche. So stand dem Fürsten jederzeit ein allen Bedürfnissen genügendes Schloß mitten in einer Waldeinsamkeit zur Verfügung. Die Inschrift über dem mit vier toskanischen Säulen betonten Portikus lautete: „DER BESSERUNG" und bezog sich auf die eigentliche Bestimmung des Hauses. Direkt über dem Eingangsportal konnte man in vergoldeten Buchstaben lesen: „DES XXII. SEPTEBR. 1783 EINGEDENK". Nach neuesten Erkenntnissen deutet diese Inschrift auf ein geheimes Treffen des preußischen Kronprinzen Friedrich Wilhelm II. und Fürst Franz von Anhalt-Dessau hin. Die Elbe, die in jener Zeit unmittelbar vor dem Hause entlangfloß, bildete die natürliche Grenze zwischen Preußen und dem Fürstentum Anhalt-Dessau.

Sehr wirkungsvoll verbinden fächerförmig verlaufende Sichtachsen das Haus mit den bereits genannten Monumenten.

Solitude und Küchengebäude sind heute Ruinen. Zunächst vernachlässigt, wurde das Gebiet des Sieglitzer Parks in den 70er Jahren von der Sowjetarmee und der Nationalen Volksarmee als Manövergelände genutzt.

Westlich der Solitude finden wir einen sanften Hügel, den namensgebenden Sieglitzer Berg. Wenige Schritte hiervon entfernt ragen stelenartig mehrere Sandsteinpfeiler aus dem Waldboden. Es handelt sich um Reste einer ehemaligen Stallanlage. Auf der Lichtung davor ist eine Obstplantage rekonstruiert worden.

An barocke Bauformen erinnert das mit Pinienzapfen bekrönte West-Tor. Lediglich seine Fundamente waren noch erhalten. Im Rahmen einer mehrjährigen Arbeitsbeschaffungsmaßnahme konnte der völlig verwilderte Sieglitzer Park mit seiner bedeutenden Ausstattung rekonstruiert und in Teilen restauriert werden. Träger dieser nachhaltigen Aktivitäten waren die Vereinigten Energiewerke Aktiengesellschaft, fachlich beraten durch die Kulturstiftung DessauWörlitz.

IN KÜRZE

Der Sieglitzer Park ist ein Waldpark, der die Wirkung geordneter Wildnis erzielen sollte und noch heute erzielt. Abseits von Ortschaften und Straßen an der Elbe gelegen, diente der Park im 18. Jahrhundert der Jagd.

Klassizistisches Landhaus: Luisium (1774–1778)

Luisium – Ein intimer Spaziergang

„Was gäbe ich darum, wenn mein Wohnort einen solchen Garten, solch ein freundliches Asyl, in der Nähe hätte!“ Begeistert schilderten schon Zeitgenossen das weithin berühmte Luisium vor den Toren Dessaus. Wieviel Stimmen mögen es heute sein, wenn erholungsuchende Menschen aus der nahen Stadt oder Besucher von weither die abgelegene Ruhe und Intimität dieses Gartens genießen?

Entstanden ist die Anlage als Teil des Landesverschönerungswerks des Fürsten Franz von Anhalt-Dessau. Eingeordnet in das System von Gärten entlang der Elbe, bildet das Luisium dennoch eine kleine Ausnahme. Seiner Bestimmung als Garten der Fürstin entsprechend, war er „Fremden immer, Einheimischen aber nur Montags und Freitags zum Spazierengehen ...“ offen, was dem intimen Charakter entgegenkam. Auch in gestalterischer Hinsicht ist Luisium von Wörlitz zu unterscheiden: Die belehrenden Gartenbilder, die im Zusammenhang mit den pädagogischen Absichten der Aufklärer von Dessau-Wörlitz stehen, sind hier zu stimmungsvollen Anregungen und Erinnerungen ausgedeutet, ohne allerdings gänzlich auf Bildungsabsichten verzichten zu wollen.

Bereits 1753 erwarb Fürst Dietrich (1702–1762) als Vormund des Erbprinzen Franz das Gelände und ließ einen Park im Stil der Zeit anlegen. Der Unterhaltung des Prinzen dienten eine Grotte, eine Kegelbahn, Fortunenspiele und ein kleines Schloß. Der damals gebräuchliche Name Vogelherd stand wohl in Zusammenhang mit der Vielzahl an Singvögeln in den Gebüschen oder mit

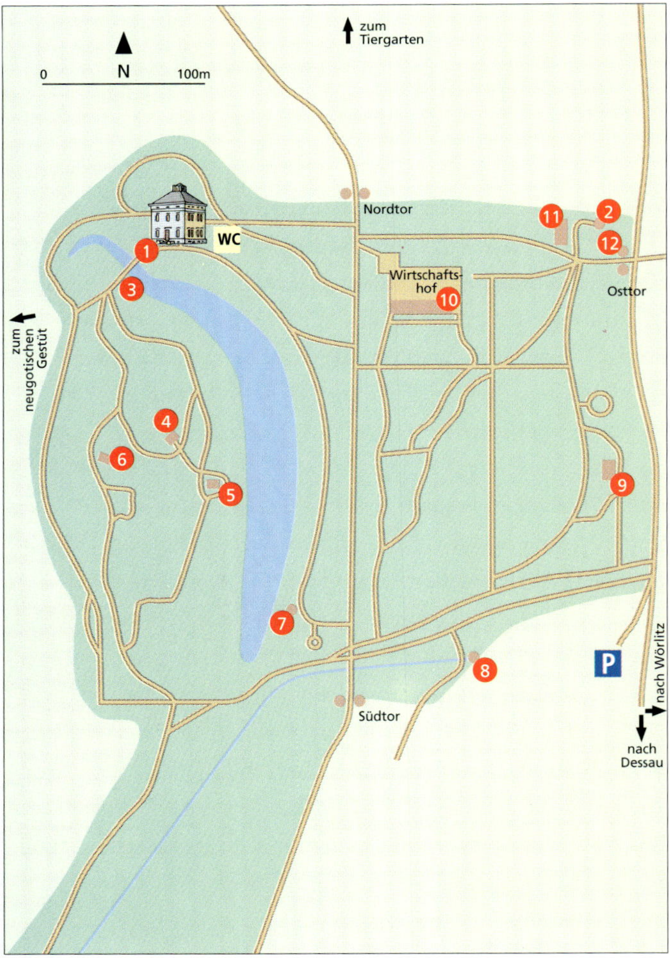

LUISIUM

1. Klassizistisches Landhaus
2. Verschleiertes Bildnis
3. Bogenbrücke
4. Pegasus-Brunnen
5. Grotte mit Belvedere
6. Blumengartenhaus
7. Sandsteinhermen
8. Faunen-Brunnen
9. Gartenpavillon (Schlangenhaus)
10. Orangerie
11. Ruinenbogen
12. Torwächterhäuser

einer ehemals vorhandenen Voliere. Bald nach dem Regierungsantritt des Fürsten Franz versuchten sich seine Gärtner mit ersten englischen Gestaltungen in der Nähe des Vogelherdes. 1767 heiratete Franz auf Betreiben Friedrichs des Großen die Tochter des Landgrafen von Brandenburg-Schwedt, Prinzessin Luise Henriette Wilhelmine (24. September 1750–21. Dezember 1811).

Der Architekt Friedrich Wilhelm von Erdmannsdorff lieferte Entwürfe für ein villenartiges **klassizistisches Landhaus** (1774–1778) im Vogelherd. Die Grundsteinlegung für den Bau erfolgte 1774, am Geburtstag der Fürstin, und vier Jahre später konnte es bereits eingeweiht werden. Das schlichte, wohlproportionierte Gebäude setzte der Architekt auf eine hochwasserfreie Anhöhe – damit ist es vor drohendem Hochwasser der Mulde und Elbe sicher und zugleich weithin sichtbar. Gern wird es als das Meisterwerk des Architekten Erdmannsdorff bezeichnet. Das Äußere des Hauses besticht durch seine schlichte Fassade. Zwei Etagen und ein Zwischengeschoß werden lediglich mit betonten Fenstergestaltungen angedeutet. Die Außenwände tragen kaum noch Schmuckelemente und unterscheiden sich so von den zeitgleichen Architekturen in ganz Deutschland. Der würfelförmige Baukörper wird von einem Pyramidendach gekrönt, das an seiner Spitze von einem Belvedere mit palladianischer Fenstergestaltung durchbrochen wird. Von diesem Aussichtspunkt kann man die umgebende Auenlandschaft überblicken.

Das Innere des Schlosses gestaltete Erdmannsdorff mit Anspielung auf die Besitzerin zu einem Tempel der weiblichen Tugend. Der größte Raum des Hauses ist der im Hauptgeschoß gelegene Speisesaal. Die allegorischen Szenen der **Deckengemälde** gehen auf Entwürfe Erdmannsdorffs zurück. Sie stellen dar: die Religion und Tugend auf einem Regenbogen, die Unschuld, die Sanftmut, die Reinheit der Seele, die Bezähmung der Begierden, die Mäßigkeit, die Ehre, die Treue und die Demut. Die **Wandgemälde** zeigen neben dekorativen Ornamenten weibliche Figuren in runden Medaillons: die Malerei, die Dichtkunst, die Lektüre und die Musik. Darüber findet man als schwebende Genien gemalt: Venus, Psyche, Ceres und Flora. Sehr interessant sind an den zwei Langwänden die Darstellungen von Fruchtgehängen. Sie zeigen, was die Gärten und Orangerien auf die fürstliche Tafel brachten. Die Vielfalt ist beeindruckend: Pomeranzen, Johannisbeeren, Äpfel, Weintrauben, Pfirsiche, Ananas, Granatäpfel, Feigen, Artischocken, Pfefferschoten, Melonen, Mais und viele andere Früchte sind hier abgebildet. Die bemerkenswert schlichte, schmale Holztreppe führt in das Obergeschoß. Hier befanden sich Privaträume der Fürstin Luise: ein Spiegelkabinett als Garderobe, der einzige Raum des Hauses mit Kamin, sowie das Schlafzimmer mit Groteskenmalereien nach Raffael und die Bibliothek. Das Dachzwischengeschoß oder Mezzanin diente als Wohnung für Gäste und Bedienstete. Im Keller waren Küche und Kastellanswohnung eingerichtet. Vom Inventar des Hauses blieben viele Teile während des wechselvollen Schicksals der vergangenen Jahrzehnte glücklicherweise erhalten. Nach langjährigen und aufwendigen restauratorischen Arbeiten ist das Schloßmuseum seit dem 24. September 1998 wieder für Besucher geöffnet.

Vom Schloß aus gehen wichtige Sichtachsen in den Garten und die umgebende Landschaft. Nach Norden führen die Waldersee-, Saugarten- und Kohlauallee – alte Jagdschneisen, die schließlich im großen eingezäunten Tiergarten vor dem Schloß münden. In östliche Richtung wird der Blick über eine Wiesenfläche geleitet, die von alten Eßkastanienbäumen begrenzt wird. Am Ende der Sichtachse steht ein künstlerischer Ruinenbogen, der für eine Sandsteinplastik den Rahmen bildet. Das **verschleierte weibliche Bildnis** (um 1785) ist bis heute nicht gedeutet, doch es gibt Vorschläge: Nonne, Vestalin oder, nach einem literarischen Motiv, das verschleierte Bildnis von Sais.

Von der Südseite des Schlosses blickt man über eine weiße, hölzerne **Bogenbrücke** (1776) zu den Gestütsgebäuden. Die Stallungen und das **Aufseherhaus** (beide 1779–1781) sind im neugotischen Stil erbaut. Mit etwas Glück kann man heute auf den Weidenflächen eine einzigartig gemischte Viehherde aus Pferden, Ziegen und Schafen friedlich weiden sehen. Hat sich hier in unmittelbarer Nähe einer Großstadt ein Stück Arkadien, das paradiesische Hirtenland der antiken Schäfer, erhalten?

Eine lange Sichtachse zieht sich durch den Garten von der Saugartenallee – durch das Schloß – in Nord-Süd-Ausrichtung zum Turm der **Jonitzer Kirche** (1816–1817). Der vermeintliche Kirchturm ist als Grablege für die Fürstin und den Fürsten eingerichtet, ein Mausoleum. Ganz einzigartig wirkt der bekrönende Obelisk auf dem Dach des Turmes.

Seit dem 24. September 1780 wird der Garten als Luisium bezeichnet. Fürst Franz schenkte seiner Gattin zum Geburtstag eine Hälfte der Parkanlage. Die zweite Hälfte verblieb in seinem Besitz, beide Gebiete kann man durch eine gepflanzte Kastanienallee unterscheiden, die in Nord-Süd-Ausrichtung den Garten in zwei fast gleich große Flächen gliedert. Daraus ergeben sich die architektonisch hervorgehobenen Nord- und Südtoranlagen. Eine Einzäunung des gesamten Geländes war auf Grund des zahlreichen Wildbestandes in der Umgebung zwingend notwendig.

Die gartenkünstlerisch durchgestaltete englische Anlage mit dem Schloß befand sich im Besitz der Fürstin. Hier empfing sie Gäste ihres Freundeskreises, zu dem Persönlichkeiten wie Elisa von der Recke, Friederike Brun, Jenny von Voigt und Johann Wolfgang von Goethe, der Maler Ferdinand Hartmann aus Stuttgart, Alexander von Humboldt und der Dichter Friedrich von Matthisson gehörten.

Die Sichtachse vom Schloß zur Kirche wird vom **Pegasus-Brunnen** unterbrochen. Die Hauptansicht zum Schloß zeigt ein berühmtes antikes Motiv: Pegasus mit den drei Grazien. Die Rückseite des Brunnens wurde nach dem Ersten Weltkrieg mit einer Erinnerungstafel für die gefallenen anhaltischen Forstbediensteten versehen. In unmittelbarer Nähe dazu verbergen viel zu hoch aufgewachsene Bäume eine **Grotte mit Belvedere** (1782). Von der Plattform hat man schöne Ausblicke auf den Teich im Luisium. Neben der Grotte steht das sogenannte **Blumengartenhaus** (vor 1796), das auch Offener Gartensitz genannt wird. Das Motiv offener Lauben ist im Gartenreich nicht selten, so gibt es den Englischen Sitz in Wörlitz, den Amaliensitz in Dessau-Ziebigk und den Fürstensitz im Georgengarten. Im Luisium befindet sich der Sitz im Zentrum eines ehemaligen Blumengartens. Fürstin Luise hatte sich offenbar intensiv mit der Blumenzucht beschäftigt, denn in Wörlitz gibt es neben der Insel der Fürstin (mit früher Rosensammlung) auch den Garten der Fürstin mit Blumenrabatte im Schloßgarten. Folgt man dem Weg über den nahen Wall, gelangt man zu einer kleinen Anhöhe. Der **Ziegenberg** (um 1780) gestattet einen herrlichen Blick auf die Gebäude des Gestüts. Unmittelbar neben dem Teichufer stehen scheinbar unvermittelt **zwei Sandsteinhermen** (um 1797). Handelt es sich hierbei um Porträts römischer Kaiser, mit denen sich Fürst Franz selbst gern verglich? Jedenfalls bilden die Hermen den Eingang zum Luisium aus Dessauer Richtung. Gleich daneben steht der **Faunen-Brunnen** (1809–1812). Das Modell dazu kann als antikes Original im Schlafzimmer des Fürsten in Wörlitz bewundert werden, ein Beleg für die sehr praktische Verwendung der antiken Sammlungsgegenstände – hier als plastisches Vorbild für Bild-

Gartenpavillon (Schlangenhaus), um 1790

hauer. Die Anlage täuscht in Anlehnung an die Antike eine gefaßte Quelle vor. Vor der Quelleinfassung gab es eine kleine **Grotte** (um 1809), von der heute nur noch Mauerreste vorhanden sind.

Die andere Hälfte des Gartens, im Besitz des Fürsten Franz, diente vorwiegend wirtschaftlichen Zwecken. Blumen, Gemüse und Obst bauten die Gärtner hier an. Fürst Franz ließ den Wirtschaftsteil gefühlvoll in das Gesamtkonzept einordnen. Das Schöne betont das Nützliche auf ganz überzeugende Art.

In neugotischen Formen ist ein reizender **Gartenpavillon** errichtet (auch Schlangen-, Rosen- und Teehaus genannt), der durch eine lange Sichtachse mit dem Gestüt optisch und stilistisch in Verbindung gebracht wurde. Als Vorbild für die Außenfassade könnte Eton College/Windsor oder ein Entwurf aus dem englischen Musterbuch „Designs for Villas“ von James Malton in Frage kommen. Der Volksmund benannte das Schlangenhaus nach dem kupfernen Wasserspeier in Drachenform an der Westseite. Heute ist das Schlangenhaus Ferienwohnung für Freunde des Dessau-Wörlitzer Gartenreichs.

Den **WIRTSCHAFTSHOF** (um 1750–1775) bilden Fachwerkgebäude in einem offenen Geviert; in einem befand sich die **WOHNUNG DES HOFGÄRTNERS** Johann Friedrich Eyserbeck (1734–1818). Er gilt als einer der tüchtigsten Gartenfachleute des Fürsten Franz, der in Wörlitz, Oranienbaum und Luisium wirkte. Seine Söhne arbeiteten in Berlin, Gotha und Potsdam. Das Hofgärtnerhaus mit den flankierenden Stallungen wurde etwa 1750 errichtet, wie die Türformen innen und außen zeigen, die denen im Schloß Mosigkau auffallend ähnlich sind. Den Hof nach Süden hin schließt die **ORANGERIE** (1782–1784) ab. Ihre helle klassizistische Fassade mit den bis zum Erdboden herabgezogenen Fenstern (teils zugemauert) ist vom Garten aus sichtbar. Sie geht exakt auf das Vorbild der Orangerie in Kew Gardens von William Chambers zurück.

Eine sichtbare Unterscheidung von Kunst- und Nutzgarten bilden die klassizistischen **NORD- UND SÜDTORANLAGEN** (vor 1799), die jeweils das Ende der den Garten fast genau in zwei Hälften teilenden Kastanienallee markieren. Architektonisch aufwendig ist das **OSTTOR** (1815–1816) des Luisiums gestaltet. Es handelt sich hierbei um eine sehr genaue Wiedergabe eines Entwurfes aus James Maltons „Design for Villas“ in Form einer neugotischen Anlage, in der zwei pavillonartige Bauten durch ein filigranes eisernes Tor verbunden werden.

Neben dem architektonischen Schmuck der Anlage ist der alte Gehölzbestand des Luisiums besonders bemerkenswert. Herrliche Exemplare an Eichen, Buchen, Tulpenbäumen, Linden, Ahorn, Eschen, Wildkirschen und Goldregen machen den unverwechselbaren Reiz des Gartens aus. Prächtig ist auch der Altbestand an Nadelhölzern wie die Schwarzkiefern, Lärchen und besonders Eiben belegen. Daneben können in der relativen Abgeschiedenheit der Parkanlage viele seltene Gewächse überleben, zu ihnen zählen Orchideenarten wie Knabenkraut und Zweiblatt, die Türkenbundlilie, Pfeilkraut, Geißbart und wilder Thymian. Um die Artenvielfalt der Wiesen zu erhalten, werden die Wiesenflächen erst nach der Grasblüte gemäht. Im Luisium wird weder Dünger noch Kalk auf die bewirtschafteten Flächen gebracht.

Durch eine gefühlvolle Parkanlage, die sich von der Wiederherstellung der Wörlitzer Anlagen bewußt unterscheidet, konnte eine bedeutende und artenreiche Fauna im Luisium erhalten und stabilisiert werden. Der aufmerksame Gartenbesucher kann hier Schwalbenschwanz und Maikäfer, Rotbauchunke (im Frühjahr auf das Unkengeläut hören), Springfrosch und Laubfrosch (markantes Quaken – fragen Sie das Parkpersonal), Blindschleiche und Ringelnatter (beide völlig harmlos und ungiftig), Käuzchen, Eulen, Spechte, Störche, Graureiher, Fledermäuse, Füchse, Dachse, Schwarzwild und Rehwild beobachten.

IN KÜRZE

Nach Plänen Erdmannsdorffs entstand 1774–1778 das klassizistische Landhaus Luisium. Hier wohnte Prinzessin Luise Henriette Wilhelmine (1750–1811), Ehefrau von Fürst Franz von Anhalt-Dessau. Der intime Charakter der gesamten Anlage wurde von Zeitgenossen gelobt und ist noch heute zu spüren.

Schloß Mosigkau (1752–1757), Gartenseite

MOSIGKAU – EIN AUSFLUG IN DIE VERGANGENHEIT

Fürst Leopold von Anhalt-Dessau, vielen bekannt als der Alte Dessauer, erwarb 1742 inmitten des nur wenige Kilometer westlich von Dessau gelegenen Dorfes Mosigkau für seine Lieblingstochter Anna Wilhelmine (1715-1780) ein Gut und Ländereien und schuf damit die Voraussetzung für die spätere glanzvolle Schloß- und Gartenanlage. Eine vom Vater hinterlassene großzügige Apanage von jährlich 15 000 Talern verhalf der ledigen Prinzessin nicht nur zu einer standesgemäßen Lebensführung, sondern konnte in ihr auch Pläne für den Bau einer repräsentativen Sommerresidenz reifen lassen. 1752/53 wurde mit den Arbeiten an Schloß und Garten begonnen; sie fanden 1757, kurz nach Beginn des Siebenjährigen Krieges, ihren Abschluß. Wenn bislang auch eine direkte Beteiligung am architektonischen Entwurf durch den preußischen Baumeister Georg Wenzeslaus von Knobelsdorff nicht nachgewiesen werden konnte, so ist besonders im Portalmotiv mit doppelten Säulen, Gebälk und Skulpturenaufsatz seine stilistische Prägung deutlich sichtbar. Der Sanssouci-Architekt war wenige Jahre zuvor in die Schloßplanung von Dessau und Zerbst einbezogen, so daß vermutet werden kann, daß er auf Bitte der Prinzessin hin erste Pläne ersann. Gewiß ist, daß der maßgebliche Entwurf aus der Feder des nicht näher bekannten fürstlichen Baudirektors Christian Friedrich Damm (1721–1758) stammt. In Kupfer gestochene Entwürfe für Lustschlösser von seiner Hand beweisen, daß er zumindest in der Lage war, eine solche Aufgabe zu erfüllen. Die Frage, ob sächsische Einflüsse, etwa durch

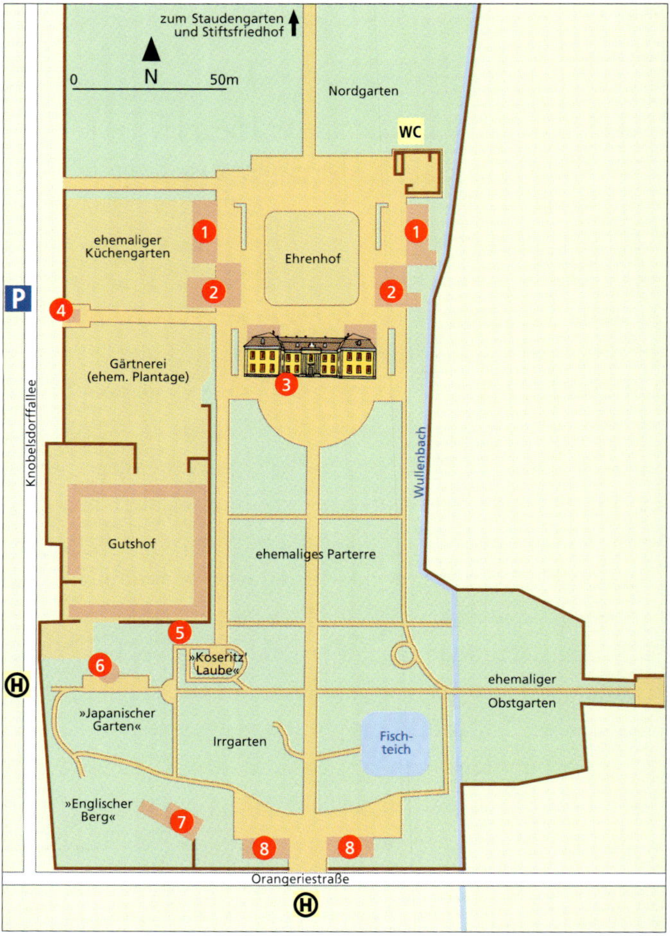

MOSIGKAU

1. Eingeschossige Pavillons
2. Zweigeschossige Pavillons
3. Schloß
4. Klassizistischer Tempel
5. Wasserturm
6. Chinesisches Haus (Teehäuschen)
7. Gärtnerhaus
8. Orangerien

Johann Christoph Knöffel, oder ob nicht möglicherweise auch Anregungen aus dem Brandenburgischen und der Berliner Region auf den Architekten gewirkt haben, wird sich nur schwer beantworten lassen. Neben der besonderen Situation des schmalen Baugrundstücks liegt es auch an der Qualität des architektonischen Entwurfs, daß das Haus bei allen Übereinstimmungen mit gültigen barocken Schemata eine eigenständige Form erhalten hat und sich kein direktes Vorbild anführen läßt.

In der Blütezeit des deutschen Rokoko entstand ein Gebäude- und Gartenkomplex, der selbstverständlich nicht mit den Ausmaßen und der luxuriösen Prachtentfaltung der etwa gleichzeitig entstandenen friderizianischen Bauten in Berlin konkurrieren konnte, von dessen ländlichem Charme, seiner Leichtigkeit und Anmut jedoch ein unvergleichlicher Reiz ausgeht. Seine Bedeutung kann nicht hoch genug eingeschätzt werden, zählt die Anlage heute doch zu den wenigen, noch weitgehend erhaltenen Rokokoensembles Mitteldeutschlands. Bereits 1929 wurde **SCHLOSS MOSIGKAU** von dem bedeutenden Kunsthistoriker und ersten Direktor der Anhaltischen Gemäldegalerie in Dessau, Ludwig Grote, als der „vollkommenste Bau aus dem Rokokozeitalter in Anhalt“ bezeichnet.

Die spätbarocke Dreiflügelanlage besteht aus einem zweigeschossigen Haupthaus mit ausgewogen proportioniertem, elfachsigen Baukörper auf U-förmigem Grundriß, kurzen Flügeln, den beiden zweigeschossigen **KAVALIERPAVILLONS** und sich anschließenden, eingeschossigen **WIRTSCHAFTSGEBÄUDEN.** Im Gegensatz zu den barocken Schloßanlagen mit ihrer monumentalen Ausdehnung und grandioser wie vornehmer Gestaltung, die insbesondere auf die Demonstration von Macht abzielten, wurde im Rokoko angestrebt, im Sinne der in Frankreich neu entwickelten „maison de plaisance“, dem Gebäude Intimität und Leichtigkeit zu verleihen. In Mosigkau geschah dies etwa durch die Abtrennung der

Pavillons vom Hauptgebäude und den Einbau der fünf türhohen Fenster auf der Südseite, die dem Haus eine heitere, charmante Note verleihen. Ebenfalls den Prinzipien der „maison de plaisance" folgend, bilden Vestibül und Gartensaal den Mitteltrakt des Corps de Logis, während die Wohnbereiche in den Seitenflügeln untergebracht sind, Gästequartiere im östlichen, die Räume der Prinzessin im westlichen Gebäudeteil. Der ursprüngliche Plan, in den Seitenflügeln jeweils ein Treppenhaus anzusiedeln, war verworfen worden. Dafür entstand die im Gegensatz zur Vollkommenheit und Eleganz der übrigen Ausgestaltung grobe, zweiläufige Treppe im Vorsaal. Den Kernbereich des Gesamtkomplexes im Corps de Logis bildet der von der Mitte des unteren Treppenhauses zugängliche Galeriesaal mit seinem Gemäldeschatz. Die Galerie bildet den Höhepunkt einer mit Stuckzier und Stuckmarmor kunstvoll ausgestalteten Raumdisposition. Polierter, gelb- und blaßgrüner Stuckmarmor, der vermutlich von Johann Christian Lindner ausgeführte, bis in die Vouten reichende lebendige und vielgestaltige Stuck, die vertieften, lückenlos mit Gemälden ausgefüllten Wandfelder, das ursprüngliche Eichenparkett, die prachtvollen Rauchglaslüster geben dem überhöhten Raum, verstärkt noch durch die Fülle des durch die türhohen Fenster einfallenden Lichtes, einen Zusammenklang von unvergleichlicher Harmonie.

Die Gemäldesammlung des Raumes setzt sich hauptsächlich aus Arbeiten flämischer und holländischer Meister des 17. Jahrhunderts, jedoch auch aus hochrangigen Gemälden des 18. Jahrhunderts zusammen. Die flämische Malerei ist mit all ihren großen Meistern vertreten, unter anderen mit Jan Brueghel, Peter Paul Rubens, Jacob Jordaens und Anton van Dyck. Von Brueghel und Rubens existiert in einer Gemeinschaftsarbeit die Allegorie „Flora und Zephirus", die im Sinne des Ausdrucks einer Friedenshoffnung durch den Diplomaten Rubens gedeutet werden kann. Während Rubens, umfassend gebildetes Genie und Protagonist der flämischen Malerei, das Malen der Figuren übernommen hat, schuf Brueghel die Pflanzen, Tiere und landschaftlichen Motive. Von Jordaens findet man ein mythologisches Thema vor, den „Wettstreit zwischen Apollo und Pan", aus den Jahren um 1640. Das wohl berühmteste Gemälde stammt von der Hand Anton van Dycks. Es zeigt in ganzer Figur das Knabenporträt Wilhelms II. von Nassau-Oranien. Als weitere namhafte flämische Maler sind noch Hendrick de Clerck, Denis van Alsloot, Gerhard Seghers, Thomas Willeboirts Bosschaert, Pieter Boel, Theodor van Thulden und Jan Fyt hervorzuheben. Auch die holländische Schule ist mit berühmten Meistern vertreten: Jan Davidsz de Heem, Paulus Moreelse, Karel Dujardin, Abraham Mignon, Jan und Daniel Mytens, Hendrick Goltzius, Salomon Koninck, Jacob Toorenvliet, Gerard van Honthorst und andere mehr. Stellvertretend seien hier zwei Arbeiten näher benannt: Von Goltzius, der zu den Begründern der niederländischen Malerei des Goldenen Zeitalters zählt, stammt ein kleines, seltenes, für das calvinistische Holland ungewöhnliches Stück, die Darstellung der Büßerin Maria Magdalena. Mit dem „Viehmarkt" von Dujardin enthält die Mosigkauer Galerie ein reizendes, die holländische Malerei gleichsam repräsentierendes Landschaftsstück.

Die bedeutenden Gemälde alter Meister kamen durch eine Erbschaft aus der Sammlung der Amalie von Solms, der Gemahlin Friedrich-Heinrich von Naussau-Oraniens, durch die Heirat von deren Tochter Henriette Catharina mit dem Anhaltischen Fürsten Johann Georg II. nach Dessau. Anna Wilhelmine konnte zweiundsiebzig der Gemälde von ihrer Tante, Marie Eleonore Herzogin von Radzivill (1672–1756), der Tochter Henriette Catharinas, für 2 250 Taler kurz vor der Vollendung des Schlosses erwerben. Deren Sammlung enthielt beachtliche Stücke zeitgenössischer Maler, besonders eine

Reihe von Bildern des friderizianischen Hofmalers Antoine Pesne (1683–1757), die Anna Wilhelmine ebenfalls in die Galerie einfügte. Von höchster Bedeutung, weil außerordentlich rar geworden, ist die noch in weiten Teilen ursprünglich barocke, d. h. lückenlose Hängung der Gemälde. Zumindest in Deutschland ist diese Art der Gemäldeanbringung kein weiteres Mal in einer solchen Vollständigkeit erhalten geblieben.

Dem Festsaal schließen sich an beiden Schmalseiten zwei weitere Räume mit weitgehend erhaltener, raffiniert gestalteter Innendekoration an: nach Westen das gelb gefaßte, mit versilberten Rokokoornamenten ausgestattete und einem Bilderzyklus der drei Lebensalter und drei weiteren Gemälden versehene Intime Kabinett, nach Osten das ebenso große, mit grünlich-grauem Stuckmarmor verkleidete und lebhaftem plastischen Stuckdekor verzierte Musikkabinett, das durch die Klarheit der Gliederung bereits auf den Klassizismus weist. An das Gelbe-versilberte Kabinett schließt sich nach Westen hin das Braune Kabinett an. Durch die versetzt angebrachte Tür steht das Kabinett deutlich außerhalb der Enfilade der Folge zum Garten ausgerichteter Räume, wodurch sein privater Charakter angezeigt ist. Auch das weitgehend originale Interieur des Raumes, besonders die schlichte, ungefaßte, bis an die Decke reichende Holzverkleidung, der dominante, in seinem Schmuck zurückhaltende, jedoch lebhaft geformte, furnierte Bücherschrank mit Schreibtisch in der süd-westlichen Ecke, gegenüber das Blumenstilleben Jan Fyts über dem Kamin, das einem Schüler aus dem Umkreis des Antoine Pesne zugeschriebene Porträt der in der Rolle einer Gärtnerin dargestellten Oberhofmeisterin der Anna Wilhelmine über vergoldetem Spiegel und Konsoltisch, unterstreicht seine Funktion als Wohn- und Arbeitsraum. Auf den Wänden sind zwölf Damenporträts verteilt, die vor allem wegen ihrer vornehmen Provenienz, die sich lückenlos bis in das englische Königshaus

Galeriesaal mit lückenloser Hängung der Gemälde

Karls I. nachweisen läßt, ein besonderes Interesse verdienen. Die Bildnisse, die wohlbekannte sowie ausgewählt schöne Gräfinnen, Hofdamen der englischen Königin, zeigen, entstanden nach hochgeschätzten, überwiegend dreiviertelfigurigen Porträts Anton van Dycks. Als ausführender Künstler wird ein Werkstattmitarbeiter des flämischen Künstlers, der wie van Dyck aus Antwerpen stammende Remigius van Leemput († 1675), angenommen. Die vollständig erhaltene Bildnisreihe steht als bedeutendes Beispiel in der Tradition des am Ende des 16. Jahrhunderts neu entwickelten Sammlungstypus' der Schönheiten-Galerien. An das Braune Kabinett schließen sich nach Norden als Enfilade das Audienzzimmer und das Hofkavalierzimmer an. Die Räume sind auch durch die ungefaßten Eichenholzpaneele und die Tapetenfarben zum Braunen Kabinett in Verbindung gesetzt.

Im ersten Obergeschoß des Westflügels sind mit der lichtdurchfluteten Eckkammer, dem Schlafzimmer der Anna Wilhelmine, und dem vorangehenden Audienzzimmer zwei weitere beachtliche Räume durch Rekonstruktion in die Nähe des ursprünglichen Zustandes zurückgeführt worden. Das Audienzzimmer erhielt durch die von Carlo und Benigno Bossi ausgeführte kunstreiche Stuckdecke und die kürzlich dem Original nachgewebte rote Seidentapete eine Ausstattung, die dazu angetan war, den Besucher zu beeindrucken. Während die nach Süden ausgerichteten Repräsentationsräume durch die testamentarische Verfügung der Prinzessin in ihrem Zustand zu erhalten waren, wurden alle übrigen Räume sowie das Treppenhaus durch notwendige, umfassende Renovierungsarbeiten in den Jahren 1820, 1848 und 1862–69 sowie durch den Einbau von Wohnungen der Stiftsdamen – die ledige Fürstentochter hatte bestimmt, daß nach ihrem Tode das Haus als Stift für hochadlige Fräulein genutzt werden sollte –, zum Teil grundlegend verändert. Heute, in ihren alten Grundrissen wiederhergestellt, dienen sie als Ausstellungsräume für die umfangreiche Sammlung des Museums an Kunst- und Kunsthandwerk des 17. und 18. Jahrhunderts, so zum Beispiel weitere qualitätvolle Gemälde und Graphik, höfische Möbel, unter ihnen seltene chinoise Lackschränke, Spiegel, Öfen, Porzellane und Fayencen, eine erlesene Fächersammlung und ein bedeutender flämischer, durch Peter Paul Rubens entworfener, in Brüssel gewebter Wandteppich. Vier Räume im Ostflügel wurden als Stiftsdamenquartier eingerichtet. Mit Möbeln aus dem Besitz der Stiftsfrauen wurde eine Wohnung geschaffen, welche die Atmosphäre der Stiftszeit authentisch wiederzugeben vermag.

Bis zum Tode von Anna Wilhelmine im Jahre 1780 wurde das Schloß im Sinne einer „maison de plaisance“ als Lustschloß nur im Sommer genutzt. Der französische Adel hatte am Vorabend der Revolution nach barockzeitlicher Machtentfaltung und Repräsentation ein Bedürfnis nach Zurückgezogenheit und Intimität. Die Häuser wurden kleiner und die äußere Gestalt schlichter; dafür entfaltete sich die Innenausstattung vor allem durch die neuentwickelte

Schmuckform der „rocailles“ mit großem Raffinement. Im Gegensatz zum verfeinerten höfischen Leben der Städte schätzte man die ungezwungenen, natürlichen Bedingungen auf dem Lande. Hierbei fiel dem Garten eine wichtige Rolle zu. So fanden im Freien Feste, in Gartentheatern Schauspiele statt; zahlreiche Spiele in Heckenquartieren, Karussells und Schaukeln sowie auch die äußerst beliebten Irrgärten boten vielfältige Möglichkeiten der Kurzweil. Auch der Mosigkauer Garten enthielt trotz der nur geringen Grundstücksgröße alle wesentlichen Elemente eines Rokokogartens, von denen bis heute noch einzelne erhalten oder zumindest ablesbar sind wie das Heckenlabyrinth und die Kegelbahnen.

Mit einer kunsthistorischen Betrachtung und Bewertung kann man Mosigkau nur dann gerecht werden, wenn man die Gesamtanlage als Einheit erkennt, sind im Rokoko doch Gebäude und Garten in Form und Funktion untrennbar miteinander verschmolzen. Vom Gartensaal aus hat man im 18. Jahrhundert beim Ausblick durch die großen Fenster erleben können, wie die farbenreichen Ornamente des ursprünglichen Broderieparterres unmittelbar in die reiche Dekoration des Raumes miteinflossen und sich mit ihr verbanden. Zur Akzentuierung der Nord- und der Südfassade, doch vor allem auch als Verbindungselement zwischen Architektur und Garten, trägt wesentlich der figürliche Schmuck bei. Zum einen sind es die Skulpturengruppen, die anstelle von Giebeln in rocailleartiger Form die Mittelrisalite bekrönen, zum anderen vier überlebensgroße Figuren, die, auf Sockeln stehend, jeweils zu zweit die Nord- und die Südterrasse flankieren. Während die bildhauerisch ausgezeichneten Arbeiten der Risalite dem in der Werkstatt des in friderizianischen Diensten stehenden Künstlers Friedrich Christian Glume ausgebildeten Nathanael Eppen zuzuschreiben sind, wurden die ebenfalls qualitativ hochstehenden Terrassenfiguren dem Merseburger Künstler Johann Wolfgang Träger zugesprochen. Diese Skulpturen und verschiedene andere, entweder nicht zur Ausführung gelangte oder nicht erhaltene Arbeiten, sind als Programm auf die sie umgebende Natur bezogen. Die Risalitaufsätze stellen allegorisierend mit einer nackten weiblichen Figur, einem Putto sowie dazugehörigen Attributen nach Süden das Frühjahr und den Sommer und nach Norden den Herbst und den Winter dar. Die Figuren der Südterrasse zeigen gemäß barocker Skulpturenprogramme Flora und Venus, die Göttinnen der blühenden Natur und der Liebe, die nach Norden gewendeten Arbeiten Apoll und Minerva, den Sohn des Zeus und Gebieter der Musen sowie die Göttin des Krieges, des Friedens und auch der Weisheit. Auch wenn die Gartenanlage noch immer über die Grundstrukturen und die Kleinteiligkeit eines Rokokogartens verfügt, so erscheint sie uns heute eher wie ein Landschaftsgarten englischen Stils. Bereits durch die Bereicherung der Mosigkauer Lustgartenanlage mit einer „Englischen Parthie“ im Jahre 1777, machte Anna Wilhelmine erste Zugeständnisse an ihren geschmacksbildenden Neffen Leopold Friedrich Franz. Dem Geist der Zeit entsprechend, der sich zu einem neuen Naturempfinden bekannte, begann ab 1805 die vollständige Umgestaltung des Mosigkauer Gartens in eine Anlage nach dem Vorbild englischer Landschaftsparks.

Um die grundsätzliche Einheit von Gebäude und Garten wiederzugewinnen wird angestrebt, langfristig die Außenbereiche vollständig dem Zustand des 18. Jahrhunderts anzunähern. Anhand alter, detailliert beschreibender Dokumente wird derzeit behutsam mit der Rekonstruktion des Gartens begonnen. Dabei wird die Vegetation des 19. Jahrhunderts geschont. Eine wesentliche Bereicherung für den Garten stellen etwa 150 teilweise seltene Orangeriepflanzen dar, von denen einige bis zu drei Jahrhunderte überdauert haben. Im Winter werden die Eichenkübel mit den botanischen Exoten in den wie Torhäuser beidseitig des südlichen Eingangs angelegten **Orangerien** untergestellt. Ein weiteres bemerkenswertes, ursprüngliches Element des Gartens ist das kurz nach 1774 entstandene **Chinesische Haus**, in dem die Prinzessin und später die Stiftsdamen ihren Tee zu trinken pflegten.

Mosigkau und sein Schloß sind, obwohl dem Dessau-Wörlitzer Gartenreich zugehörig, nicht unmittelbar den Gartenanlagen und Bauten des Leopold Friedrich Franz zuzurechnen. Die nur etwa drei Jahrzehnte vor dem Wörlitzer Schloß erbaute spätbarocke Anlage entsprach nicht dem vom palladianischen Formengut geprägten Architekturverständnis des Fürsten und seines Baumeisters Erdmannsdorff. Wenn das Mosigkauer Schloß dennoch immer wieder in den Gesamtkomplex des Gartenreiches eingebunden wird, liegen die Gründe dafür zum einen in den engen verwandtschaftlichen Beziehungen beider Bauherren zueinander und zum anderen in der Stellung von Schloß Mosigkau als architekturhistorischem Bindeglied zwischen dem barocken Oranienbaum und dem klassizistischen Wörlitz.

In Kürze

Garten und Schloß Mosigkau (1752–1757) zählen zu den wenigen noch weitgehend erhaltenen Rokokoensembles. Das Schloß beherbergt eine bedeutende Gemäldegalerie holländischer und flämischer Meister des 17. Jahrhunderts. Bedeutend ist die ursprüngliche, barocke Hängung der Gemälde.

Schloß Georgium (Landhaus, 1780), mit Anhaltischer Gemäldegalerie

GEORGIUM – EIN WEITLÄUFIGER LANDSCHAFTSGARTEN

Mit großer Leidenschaft und Zielstrebigkeit betrieb Fürst Franz die Ausformung der Gartenanlagen in Wörlitz, am Sieglitzer Berg und dem Luisium. Sie sind in ihrem Gedankenreichtum und ihrer Formenvielfalt kaum auszudeuten. Dazu kamen neuartige Eingriffe in die Landwirtschaft, z. B. Kleeanbau, die durch sehr überlegte Methoden ganz wesentlich zur Ertragssteigerung und damit zu gehobenem Wohlstand und höheren Einnahmen führten. Die dritte (1775) und vierte (1785) Englandreise mit weiteren neuen Eindrücken lagen dazwischen, und auch die politischen Verhandlungen um den Fürstenbund waren damit verbunden. Auffallen mußte, daß die ausgreifenden, bedeutenden Parkanlagen im Osten des Landes lagen. Die nördlich der kleinen Hauptstadt Dessau gelegenen Partien, meist nur locker mit Kiefern bestanden oder mit nicht sehr üppigem Graswuchs überzogen, waren noch nicht in ein Parkkonzept einbezogen.

Erst als der jüngere Bruder des Fürsten Franz, Prinz Johann Georg (1748–1811), meist Prinz Hans Jürge genannt, am 22. September 1779 den Dienst als preußischer Offizier quittierte, begann man sehr schnell, Ländereien aufzukaufen, ohne, bis auf geringe Ausnahmen, Ackerland zu verwenden. Der bereits vorhandene Feldweg, der von Dessau zur Elbe führte, auch Fürstenweg genannt, war die Zugangsstraße zum Park Georgium, die später weiter ausgebaut und in das Sichtachsensystem des Parks einbezogen wurde. Als Gartenarchitekten zog man den jüngeren

Georgium

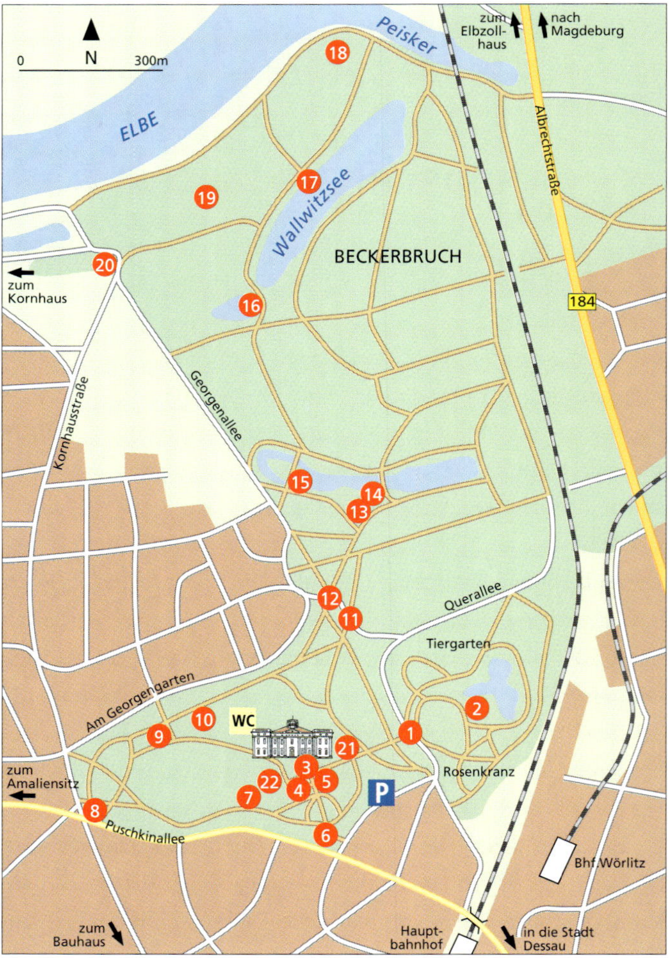

GEORGIUM

1 Sphingenportal
2 Mausoleum
3 Schloß mit Gemäldegalerie
4 Venus
5 Apollino
6 Orangerie
7 Diana
8 Römische Ruine (Sieben Säulen)
9 Ionischer Tempel (Monopteros)
10 Fremdenhaus
11 Roter Bogen
12 Weißer Bogen
13 Vasenhaus
14 Altdeutsche Gräber
15 Ruinenbrücke
16 Fürstensitz
17 Schlafender Hermaphrodit
18 Wallwitzburg
19 Sterbende Kleopatra
20 Elbpavillon
21 Blumengartenhaus
22 Ehemaliges Küchengebäude

Johann George Schoch (1785–1826) und seinen Schwiegervater Johann F. Eyserbeck (1734–1818) heran. Dessen Sohn Rudolf Eyserbeck (1765–1849) zeichnete einen für die gegenwärtige Wiederherstellung des Parks wichtigen Plan, während der von Dietrich Klewitz 1796 das gesamte zum Park gehörende Gelände, etwa 2,73 qkm, zeigt.

Der ursprüngliche Zugang zum Park, auf den sich auch die Gestaltung aufbaut, führt durch die Georgenallee, die früher vom Vorwerk Neuwülknitz, vor Dessau gelegen, ausging. Einst wechselnd mit rundkronigen Obstbäumen und Pyramidenpappeln bepflanzt, wurde sie um 1830 mit Linden besetzt, von denen noch heute einige stehen. Der Weg, um 1785 mit sofaähnlichen Sitzen versehen, führt zu einem Halbkreis, dessen Eingangstor zum Park früher wie heute zwei Sphingen bewachen. Ein Zeitgenosse schrieb 1786 über diese Plastiken: Auf jedem Pfeiler „liege ein Sphinx, der seinen Kompagnon anstaunt. In den Gesichtern dieser Bildnisse herrscht etwas erstaunlich Auffallendes. Sie sind groß und regelmäßig gebildet, mit einem herabhängenden Schleier: sie sehen einander stier an und scheinen sich von der Verwunderung über die Gegenwart und das Aussehen des Anderen nicht erholen zu können. Betrachtet man sie lange – und dazu laden sie selbst ein – muß man endlich über den Ausdruck ihres Gesichtes lachen".

Der diesem **SPHINGENPORTAL** gegenüberliegende Eingang, ebenfalls in Sandsteinarbeit, bildet seit 1893 den Zugang zum **MAUSOLEUM** der Herzöge von Anhalt. Es wurde, 43 Meter hoch, nach Plänen von Franz Schwechten erbaut. Der dazugehörende etwa 45 ha große Park, nach Plänen von Gartendirektor Hooff (1839–1904) angelegt, wird gegenwärtig als Tierpark genutzt.

Vom Sphingenportal führt der Weg ganz gerade zwischen überhängenden Bäumen in den alten Park hinein. Am Ende lockt eine klassizistische Vase als Anziehungspunkt. Mit ihr wird das

Wegziel betont, das weit bis ins 19. Jahrhundert ein Borghesischer Fechter besorgte. Aber ehe man bis dorthin gelangt, öffnet sich der ehrwürdige Baumbestand aus Eichen, Linden, Hainbuchen und Eschen: Man steht auf dem halbkreisförmigen, streng mit jungen Linden eingefaßten Platz vor dem **Schloss Georgium**, vielfach auch nur Landhaus genannt. Ganz eierschalenweiß getönt, erhebt sich das kleine Gebäude. Es wurde 1780 nach Plänen von Friedrich Wilhelm von Erdmannsdorff gebaut, seine ursprünglich fünfachsige Fassade ist stark durch toskanische Pilaster gegliedert. 1893 veranlaßte man eine Vergrößerung durch seitliche Anbauten, die zwar sehr einfühlsam vorgenommen wurden, jedoch den ursprünglichen Baugedanken stark verwässerten. Jetzt lagert sich der Bau sehr breit, während er einst schmal aufstrebte. Ein belvedereartiger Dachaufbau betont dies, einen weiten Blick über die Baumkronen, die Landschaft und die Stadt Dessau ermöglichend. Auch das Stadtpalais des Prinzen, 1945 durch Bomben zerstört, das Luisium, sogar das Wörlitzer Schloß werden durch einen solchen Aufbau gekrönt, der die Lust zum Schauen in und über die Landschaft ausdrückt. Die klare Form des Schloßvorplatzes wird von zwei Plastiken aus der Entstehungszeit betont: eine **Venus von Medici** und ein **Appolino**, beide gehören zu den klassischen Zitaten der Bildhauer. Seitlich wird der Vorplatz von zwei kleinen Staffagegebäuden gerahmt, zwei Tempelfassaden, die der Klarheit des Schlößchens entsprechen. Auf der Ostseite ist es die Tempelfassade des Blumengartenhauses, dem auch ein kleiner Blumengarten, in den Formen des späten 18. Jahrhunderts wiederhergestellt, zugeordnet ist. Die Rückseite des kleinen Bauwerks, ganz im Grün der Baumwelt versunken, führt mit ihren rot gestrichenen Fassaden ein Eigenleben, der dorischen Tempelfassade ganz fremd. Auf der gegenüberliegenden Westseite ist nur noch die Fassade des einstigen Küchengebäudes, auch in Tempelform, erhalten. Der Bau brannte 1945 aus und wurde noch nicht wieder aufgebaut.

Vom Schloßportal aus verläuft ein schnurgerader Weg nach Süden, etwa 155 Meter lang, der von einem kleinen dreiachsigen Gebäude aufgefangen wird: dem Billard. Wie der Name sagt, diente es dem Billardspiel. Anschließend an diesen kleinen Bau liegt die **ORANGERIE**, die – bald nach 1780 erbaut – ebenso wie die Nebengebäude bis 1998 restauriert wurde, da sie lange Jahre zweckentfremdet genutzt wurde. Der etwa 250 qm große Orangerieraum war mit Orangen, Myrten, Granatbäumen und anderen empfindlichen Kübelpflanzen gefüllt, die der Prinz Hans Jürge aus Friederikenberg bei Zerbst erhalten hatte. Vor der Orangerie kultivierte man im 18. Jahrhundert sogar noch Wein. Auch die beiden langgestreckten Gebäude östlich und westlich der Orangerie stammen aus dem 18. Jahrhundert und bilden mit dieser einen Gebäudekomplex, der einst mit einer Mauer zusammengehalten war, die im Verlauf der Restaurierungsarbeiten wieder entstehen soll. Das östliche Gebäude beherbergte die Stallungen für die 16 Pferde des Prinzen und im Obergeschoß die Wohnung des Kastellans. Das gegenüberliegende westliche Haus wurde als Wagenremise und für die Wohnung des Gärtners genutzt.

An diese Gebäudegruppe schließt sich östlich ein hainartiges Stück Park an, von dem aus man früher einen anmutigen Blick auf die naheliegende Stadt hatte. Ein kleiner Hügel, während des Sommers einst mit Kübelpflanzen betont, lockte zum Sitzen und zum Ausblick in die Umgebung. Am östlichen Ende dieser Partie, schon an der Georgenallee, fügt sich, bastionsartig vorspringend, der Rosenkranz ein. Dieser kleine, runde Platz, wie der Name sagt mit Rosen bepflanzt, wurde axial von Sichten aus dem Park und der Georgenallee geschnitten.

Auch westlich der Orangerie zog sich eine ähnliche, hainartige Partie hin, ebenfalls von schlängelnden Wegen durchzogen. Teils waren die Wege seitlich von Pflanzungen begleitet, teils führten sie durch Wiesenflächen. Noch heute geleiten sie den Spaziergänger zum Standort der **DIANA**, deren Umgebung, dunkle Eibenbüsche, das Weiß der Plastik noch erhöht. Der Dessauer Bildhauer Pfeiffer hatte sie nach einem Modell Cavaceppis, der Dessau nach seiner Trennung von Winckelmann in Wien besuchte, angefertigt. Diese Diana Agrotera, die wilde, auf dem Lande lebende Jägerin, ist Ausgangs- und Endpunkt mehrerer Sichtbeziehungen, die gegenwärtig noch gut erkennbar sind. Sie war optisch mit dem Küchengarten, der wiederhergestellt worden ist, verbunden. Gegenwärtig besteht noch die Verbindung zum Monopteros an der Nordseite des Gartens. Diese sehr lange, schmale Sicht war ursprünglich wie die unmittelbare Umgebung der Plastik mit Pyramidenpappeln bepflanzt. Jetzt breiten Eiben und die Äste der alten Eichen ihre Schatten über diese Sichtbeziehung aus. Der dritte Ausblick richtet sich nach Westen, zu Carolines Laube, einem Sitzplatz, dessen Wiederherstellung erwogen wird. Diese langen, sehr schmalen Sichten sind besonders für den Georgengarten typisch. Die Zwischenräume füllen längst alt gewordene Bäume, meist Eichen und Linden, aus.

Nach Westen werden die Flächen offener, der Baumbestand lockerer. „Und am Ende des Hains erheben sich im Freien die Trümmer der Vorhalle eines alten Tempels. Es sind acht Säulen ionischer Ordnung, die nebst dem Gebälke noch Überreste vom Gemäuer des Giebelfeldes tragen“, so die Zeitgenossen. Auf seiner Italienreise hatte der Prinz Hans Jürge diese Ruine am Eingang zum Forum in Rom erblickt: Es war der erhaltene Teil des Saturntempels, damals noch von Hüttenanbauten umgeben.

Dieser Bau, in Dessau die **SIEBEN SÄULEN** genannt, weil sich von den meisten Standorten aus gesehen zwei Säulen decken, ist der westliche Abschluß des Parks, gleichzeitig aber auch das Verbindungsstück, das als Gartenstaffage sowohl den Park abschließt als auch zu weiteren Spaziergängen lockt. In mehr als 500 Metern Entfernung leuchtet in Hellgelb der Amaliensitz, benannt nach der Erbprinzessin Amalie (1774–1846), die nach dem Tode des Prinzen Hans Jürge das Georgium 1814 bezog. Für dieses kleine Gebäude hatte wieder Erdmannsdorff den Entwurf geliefert, der auf ein heute nicht mehr vorhandenes Gebäude in Stourhead in Wiltshire zurückgeht.

Über eine weite Lichtung nach Nordosten, von Eichen gerahmt, leuchtet ganz in Weiß ein weiteres Staffagegebäude hervor: der **IONISCHE TEMPEL**, ein zehnsäuliger Monopteros, dessen Entwurf ebenfalls Erdmannsdorff geliefert hatte. Auch hier werden die Sichtbeziehungen deutlich. Wie meist im Georgium sind es lange, schmale Sichten, die vom Bauwerk ausstrahlen. Es seien nur genannt, und man sollte das mit dem Auge auskosten, der Blick zu den Sieben Säulen, der schmale, lange Blick zum Schloß und eine ganz schmale, aber sehr tiefe Sicht nach Osten, deren Endpunkt nicht mehr ablesbar ist: die Pyramide am Gänsewall, die sowohl vom Luisium als auch vom Georgium aus zu sehen war. Sie bildete das Verbindungsstück zwischen beiden Parkanlagen. Solche Gartenarchitekturen verflochten die einzelnen Gärten optisch miteinander, lockten den Spaziergänger zu weiteren Zielen. Man erweckte so den Eindruck, das ganze Land sei in einen Garten verwandelt, was auch das Ziel des Fürsten Franz war und noch heute überall zu erkennen ist.

Der Ionische Tempel erhöht einen ganz sanft ansteigenden Rasenhügel und verstärkt so die Möglichkeit, weit in den Park zu schauen. Während heute dessen ganze Umgebung bebaut ist, vermerkten die Zeitgenossen, daß jeweils zwischen zwei Säulen ein anderes Ziel zu erkennen sei. Diese Weiträumigkeit, die lichte Bepflanzung, im 18. Jahrhundert vor allem mit Pyramidenpappeln, hebt diese Gartensituation am Ionischen Tempel besonders hervor. Man versteht die Bemerkung des Pädagogen und Archäologen K. A. Boettiger, eines Zeitgenossen des Prinzen Hans Jürge: „Sehr wahr ist nach meiner Empfindung auch die Bemerkung des Herrn von Sannes, daß man sich in den wirklich reizenden Anlagen des Prinzen Hans Jörge (...) mehr von der wahren Natur angezogen fühlt, als in den Wörlitzer Kunstschöpfungen."

Die Partien nordwestlich zwischen den Römischen Ruinen und dem Ionischen Tempel glichen einst einem Heiligen Hain, heute sind sie zu dunklen Baumbeständen herangewachsen. Hier stand in der Mitte des Hains ein Dreifuß, nach antikem Vorbild gearbeitet, „der das Ansehen hat, beim Opfern gebraucht zu sein". Vermutlich war der Dreifuß, der auf der Terrasse der Villa d'Este steht, das Vorbild. In den Nachkriegswirren stark beschädigt, liegt er noch im Küchengartengelände hinter der Fassade westlich des Schlosses.

Eine der schönsten Sichten verläuft zwischen Ionischem Tempel und Schloß, seitlich durch aufgelockerte Baumwände begrenzt. Immer wieder fällt auf, daß man im Georgium, wie vielfach auch in anderen frühen Landschaftsgärten, die schmalen, langen Sichten zwar entlang sehen, aber nicht entlanggehen kann. Im Gegensatz zum Barockgarten gehen Auge und Fuß ganz getrennte Wege. So liegt auch hier fast in der Mitte der Sicht, jedoch seitlich versetzt, das **FREMDENHAUS**, auch Eremitage genannt. Im 18. Jahrhundert hatte es einen eigenen, dem Haus zugeordneten Garten. In der Nachkriegszeit war das Gebäude völlig verfallen und konnte erst 1994 wieder aufgebaut werden. Heute beherbergt es die grafische Sammlung der Anhaltischen Gemäldegalerie. Das Auffallende dieses Erdmannsdorff-Baus ist, daß jede der vier Fassaden andere Formen hat. Die Ostseite zeigt neugotische Architekturelemente, die einzigen, die um 1785 im Georgium zu finden waren. Die Westseite läßt barocke Motive erkennen, die Nordseite vier ionische Pilaster und die Südseite Vasen und Renaissancemotive. So war das Gebäude mit seinen verschiedenen Stilelementen zu einem Lehrbeispiel geworden, dennoch „zu einem Aufenthalte in behaglicher Zurückgezogenheit" geeignet.

Ionischer Tempel, ein zehnsäuliger Monopteros

Während vor dem Schloß eine ganz regelmäßige Gartenpartie lag, wandte sich die Rückseite einer sehr langen Sicht bis zur Elbe zu, wo sich der Blick an der Wilhelminen-Vase, zum Gedenken der Erbtante des Prinzen, der Prinzessin Anna Wilhelmine in Mosigkau, fing. Der weitaus größte Teil der Sicht ist heute überbaut, aber eine etwa 200 Meter lange Blickachse innerhalb des Parks gehört mit zu seinen anmutigen Partien. Sie will besonders vom kleinen Gartensaal des Schlosses betrachtet werden, wo sich der Ausblick in den Wandspiegeln fängt, und Anfang und Ende dieses Blicks zu einer in sich geschlossenen Gartenwelt werden.

Die Georgenallee, die die südlichen Teile des Parks östlich begrenzt, erfährt nahe der Sicht Ionischer Tempel in Richtung

Pyramide durch zwei Bogen eine architektonische Betonung, die gleichzeitig den Übergang zu einem ausgedehnteren Teil des Parks, dem Beckerbruch, bildet. Dieser Teil ist naturnäher, waldartiger, in seiner Ausformung etwas gröber, jedoch nicht minder beachtenswert. Beiden Architekturbogen kommt eine mehrfache Aufgabe zu: sie schließen diesen Teil des Parks ab und öffnen gleichzeitig den Zugang zum Beckerbruch. Der **ROTE BOGEN**, auch Holländischer Bogen genannt, ganz aus Ziegelwerk und erheblichen Kriegsschäden ausgesetzt, rahmte bis Ende des 19. Jahrhunderts einen längst verbauten Blick in die Landschaft nach Nordwesten, nach Kühnau. Der große Obelisk (um 1795) am Elbwall war der Blickpunkt. Der zweite Bogen, auch **WEISSER BOGEN** genannt, erinnerte durch seine Architektur an Rom, an den Drususbogen weit vor der Stadt, der dort Teil einer Römischen Wasserleitung war. Die noble, der Stadt zugewandte Sandsteinfassade mit den beiden Säulen faßte den Blick auf ein Denkmal des Fürsten Franz und weiter bis zum Pavillon an der Elbe zusammen.

Dieses Standbild des Fürsten Franz, in eine römische Toga gekleidet, – es wurde in den Nachkriegsjahren zerstört – läßt die tiefe Freundschaft zwischen beiden Brüdern erkennen. Später schrieb der Prinz Hans Jürge einmal an seinen Bruder: „Ich kenne niemanden, der besser als Du im Stande wäre, wenn er sich hierzu Zeit lassen will, eine Anlage, wie die meine ist, zu beurtheilen und zu schätzen, wie auch sehr leicht zu sehen, wodurch sie zu verbessern und wozu sie verdorben wird (...). Ich bitte Dich also recht sehr, das zu thun, was Dir lieb ist."

Der Weg führt nun aus der Georgenallee hinaus in eine auenartige Landschaft, in der ein Spaziergänger zunächst von (der nicht mehr vorhandenen) Spittlers Laube aufgenommen wurde. Sie war eine Hommage an den Historiker Freiherr von Spittler

(1752–1810). August Rode, der kenntnisreiche Chronist und Deuter der Dessauer Parkanlagen, erspürte sogleich den Sinn der Zusammenstellung: „Eine sinnreiche Zusammenstellung des Fürsten und des Geschichtsschreibers – des Handelnden und des Überlieferers der guten und der bösen Handlungen an die richtende Nachwelt."

Unter alten Eichen zieht sich der Weg zum **VASENHAUS** (um 1785), das, wiederum in Eierschalenweiß, von hohem Baumwuchs umrahmt wird. Auch dieser kleine Gartensitz, dreiachsig an den Schauseiten, geht auf einen Erdmannsdorff-Entwurf zurück. Ehe zu Beginn unseres Jahrhunderts die südöstlich davorliegenden Flächen aufgeforstet wurden, breitete sich der Blick, über eine sanfte Bodenwelle gleitend, bis nach Dessau aus. Von dort bildete diese Gartenstaffage einen Anziehungspunkt, dessen weiße Fassade sich – daher der Name – über der Dachverkleidung in zehn Vasen auflöste.

Gleich hinter dem Vasenhaus, auch heute noch gut erkennbar, liegen die **ALTDEUTSCHEN GRÄBER**, mit denen man sowohl den altdeutschen Tugenden, noch nicht von revolutionären Gedanken angekränkelt, und den Gedichten des schottischen Sagenheldes Ossian Ausdruck gab. Sie waren Ende des 18. Jahrhunderts von MacPherson veröffentlicht worden und gehörten zur Lieblingslektüre der Zeitgenossen. Die wuchtige Sandsteinvase nordöstlich des Vasenhauses ließ der Prinz Hans Jürge zum Gedenken an den Herzog von Braunschweig-Bevern, mit dem er gut befreundet war, aufstellen. Ganz in der Nähe dieser Vase wurde nach 1924 ein großes, fast barockes Wasserbecken mit modernen Grünanlagen eingefügt, jedoch nur ein Teil der weitaus größer geplanten Anlage.

Der Wasserzug, der am Vasenhaus, an den Altdeutschen Gräbern, einsetzt, zieht sich weiter zur **RUINENBRÜCKE** (1994 wiederhergestellt). Diese künstlich zerbröckelnde Architektur stand einst ganz im Gegensatz zu „ruhig und heiter lachenden Gefilden" der umliegenden Dörfer, vor allem aber zum Ionischen Tempel und zum Fremdenhaus, mit denen die Ruinenbrücke in Sichtverbindung lag. Jetzt ist leider alles zugewachsen und damit nicht mehr ohne weiteres verständlich. Nur wenige Schritte entfernt tauchen, in rohem Mauerwerk aufgeführt, ein Sitzplatz und ergänzend die Reste eines Turmes auf, „die letzten Scenen des Untergangs", wie der gerühmte Gartentheoretiker Hirschfeld im 18. Jahrhundert eine solche Situation beschrieb. Südlich dieser fast mittelalterlich-verfallenen Architektur lagen noch mehrere Gartenpartien; Sitze, verschlungene Wege, heute längst vom Wildwuchs überdeckt, nur ein Altar aus Sandstein, an den Ecken mit Widderköpfen verziert, weist noch auf eine dichtere Gestaltung dieser Gartenpartien hin.

Jenseits dieser melancholisch-romantischen Partien um die Ruinenbrücke schließt sich der **BECKERBRUCH** an, der Teil des Georgiums, der durch Wälle gegen Elbhochwasser, dunkle Wassergräben und urigen Baumbestand sich von den trockeneren Teilen des bisherigen Parks absetzt. Der Hochwasserdamm, den ein verlandender Wasserzug begleitet, wird in kurzer Entfernung von einem kleinen Bau, dem Schwarzen Sitz (um 1790), betont – ein Schutzgebäude gegen Unwetter oder auch nur zum Ausruhen gedacht. Die Entwürfe gehen wohl wie auch die des folgenden Fürstensitzes auf Erdmannsdorff zurück.

Der **FÜRSTENSITZ** (um 1790), in zartem Ockergelb, blickt in einen langgestreckten Freiraum, einen seit 1975 entstandenen Baggersee, der eine bis dahin fast schmerzlich entbehrte Wasserfläche nach 200 Jahren in den Park eingebracht hat. Ursprünglich dehnte sich hier eine Naßwiese, an deren Rand sich ein Bach dahinzog. Um den Fürstensitz, dessen Architektur

Erdmannsdorff dem bereits genannten Staffagegebäude in Stourhead nachbildete, standen einst mehrere Plastiken, meist etwas derberer Ausführung, da sie auf Fernwirkung ausgerichtet waren. Auch die übrigen Sitze, wie man die kleinen Gebäude zum Schutz und zur Ruhepause nennt, sind verschwunden: Waldersee´s Sitz, Berenhorst´s Sitz. Sie bildeten im gestreckten Freiraum Festpunkte für das Auge. Nur auf der dritten Insel an der Nordseite des Wasserzugs träumt noch immer ein **SCHLAFENDER HERMAPHRODIT** vor sich hin, den der Prinz Hans Jürge und die begleitende Reisegesellschaft in der Villa Borghese in Rom bewundert hatten.

Auf den Flächen bis zur Elbe finden sich zahlreiche kleine Dünenzüge und Hügel, die, vielfach noch künstlich überhöht, in den Park einbezogen wurden. Die Namen der Freunde des Prinzen bezeichnen Anhöhen und Sitze. Erhalten hat sich nur Lattorf´s Sitz und in der Nähe zwischen verwildertem Gebüsch ein Sockel mit einer Urne, die einst frei am Wege stand. Der Zeitgenosse August Rode notierte dazu: „Zwischen zwei sanften Höhen erhebt sich auf einem Postamente eine Urne, auf welcher – durch die umgehenden Gegenstände bestimmt – die Einbildungskraft Et ego in Arcadia zu lesen glaubt.“ Die Traumgedanken des zu Ende gehenden 18. Jahrhunderts sind hier abzulesen.

Doch der Weg führt weiter zum Wallwitzberg. Ursprünglich sollte hier ein Vestatempel die Höhe krönen. Anstelle dessen wurde eine winzige Burg (um 1790) ausgeführt, die **WALLWITZBURG**, die einen weiten Ausblick über die Elbe, die hier einen großen Bogen nach Süden macht, ermöglicht. Über die Auen mit ihrem Eichenbestand reicht der Blick bis nach Roßlau. Und das war auch schon in der Entstehungszeit der Gedanke, als man im Innern der Zwergburg noch drei Stockwerke hochsteigen konnte: Der von Norden, von Roßlau, von der Elbbrücke her Anreisende wurde von dieser Reminiszens an das Mittelalter begrüßt, und der auf dem Bau Stehende genoß wie von so vielen Erdmannsdorff-Bauten den beruhigenden Blick in eine weite Landschaft. Die Flächen zur Elbe behielten ihren urwüchsigen Charakter, das Hochwasser ließ weitere Eingriffe nicht zu, jedoch wurden immer wieder Sichten und Freiräume offengehalten, um auch von der Elbe her den Parkcharakter zu erkennen und einzelne Kleinarchitekturen sichtbar werden zu lassen.

Ganz in der Nähe liegt, meist im hohen Gras versteckt, wieder eine Antikenkopie: eine **STERBENDE KLEOPATRA**, die um 1795 eingefügt wurde. Es ist die Kopie eines antiken Sarkophagdeckels, den der Prinz vielleicht in Rom gesehen hatte oder aus dem bedeutenden Stichwerk „Il Museo Pio-Clementino" kannte. Dort wird sie „Ninfa Dormiente" genannt, eine schlafende Nymphe, die vermutlich einen Strauß (anstelle der Schlange) in der Hand hielt.

Fast gleichlaufend zur Elbe, die hier immer wieder ins Bild kommt, zieht sich der Weg zum **ELBPAVILLON**, der infolge der Kriegsschäden um ein Stockwerk, um die Laterne, verkürzt werden mußte. Mit dieser Architektur rundet sich das Bild des Georgiums. Es ist der Endpunkt der langen Georgenallee, die von Dessau her zum Georgium führt. Eine Verlängerung dieser Wegachse gab es noch bis zum letzten Krieg, bis zu einem zylindrischen Altar unmittelbar an der Elbe. Tuchgehänge unter Medaillons belebten den grauen Sandstein.

Die weiten Flächen südwestlich des Elbpavillons wurden bis in unser Jahrhundert landwirtschaftlich genutzt, sind jedoch nach 1945 bebaut oder einer anderen Nutzung zugeführt worden. Die Stadt Dessau mit ihren etwa 100 000 Einwohnern breitet sich weiter aus. Nur seitlich, westlich des Elbpavillons, steht auf dem Wall die bereits erwähnte Wilhelminen-Vase, die früher den Endpunkt der Sicht vom Gartensaal des Schlosses bildete. Der hohe Alteichenbestand beschattet sie wie zum Schutz gegen zermürbendes Weltenwetter.

Zum Kühnauer Park, der an die Ziebigker Feldmark des Georgiums grenzt, führt der Elbwall, früher ebenfalls durch Sitze, beispielsweise Hugo's Sitz, betont. Der ausgedehnte Park umschloß die Flächen nördlich der Stadt und vollendete das Gartenreich des Fürsten Franz. Christian Eggers, der einstige energische Förderer der Bauernemanzipation, hatte das kleine Land Anhalt bereist und schrieb 1806: „In die eigentliche Anlage ist zugleich ... die ganze umliegende Gegend gezogen, fast eine Viertelquadratmeile (etwa 13 qkm) groß, zwischen der Elbe, der Mulde, der Burg Kühnau und der Stadt. Nun sind das einst verwilderte Wäldchen, die todte unfruchtbare Ebene umgeschaffen in große Waldparthien, ansehnliche Wiesen, angebaute Felder, verbunden durch schöne Landwege, geschmückt durch viele einzelne Landhäuser und reizende Anlagen."

Langjährige Wiederherstellungsarbeiten und sorgsame Pflege haben vorsichtig in den Gehölzbestand eingegriffen und sehr behutsam alte Freiräume wieder entstehen lassen. Gleiches gilt auch für die Baulichkeiten, die nach erheblichen Kriegsschäden erneut aufgebaut oder restauriert worden sind.

IN KÜRZE

Der Bruder des Fürsten Franz, Prinz Johann Georg (1748–1811), ließ Garten und Schloß Georgium ab 1780 anlegen. Architekt war Erdmannsdorff. Im Schloß ist die Anhaltische Gemäldegalerie mit einer bedeutenden Sammlung deutscher und niederländischer Malerei des 15.–19. Jahrhunderts untergebracht. Das Fremdenhaus verfügt über eine grafische Sammlung. Vom Schloß und von den anderen Bauwerken des Parks sind Sichtachsen angelegt.

Großkühnau, Kirche mit Schloß im Hintergrund

GROSSKÜHNAU – EIN WEINBERG IN DER ELBAUE

Der Landschaftsgarten von Großkühnau, westlich Dessaus gelegen, bildet zeitlich den Abschluß des Gartenreiches. Man erreicht ihn als Wanderer über den Hochwasserwall, wenn man den Georgengarten in westlicher Richtung, also elbabwärts verläßt und einen weithin in der Landschaft sichtbaren Sandsteinobelisken passiert hat. Autofahrer gelangen, Dessau verlassend, auf der Landstraße Richtung Aken hierher.

Prinz Friedrich von Anhalt-Dessau (1769–1814), Sohn des Fürsten Franz, ließ ab 1805 einen weiträumigen Garten im Gebiet der Elbaue anlegen. Er starb jedoch schon 1814, d. h. vor seinem Vater. Dadurch brachen die gestalterischen Arbeiten ab und wurden erst mit dem Regierungsantritt des Herzogs Leopold Friedrich, Enkel des unter Napoleon zum Herzog erhobenen Franz, fortgeführt. Heute umfaßt der Großkühnauer Garten eine Fläche von 77,5 Hektar. 1809 wurde das Löwentor errichtet, das den südlichen Eingang zum Garten bildet. Beide Skulpturen sind nach 1945 verschwunden.

Der gestalterisch wichtigste Punkt der großzügigen Anlage ist der 1818 bis 1819 entstandene **WEINBERG** mit klassizistischem Pavillon. Carlo Ignazio Pozzi, der Nachfolger Erdmannsforffs, entwarf das Gebäude in Gestalt eines antikisierenden Rechteckbaus mit toskanischer Säulenhalle. Der Weinberg war tatsächlich mit Reben bepflanzt, wie alte Fotos belegen. 1997 konnte die Rekonstruktion der gärtnerischen Anlage abgeschlossen werden. Heute wird das Weinberghaus als Naturschutzstation genutzt.

Nördlich des Weinbergs findet man bogenförmige Mauerreste aus Bruchsteinen, vielleicht dienten sie einst als Theaterkulissen.

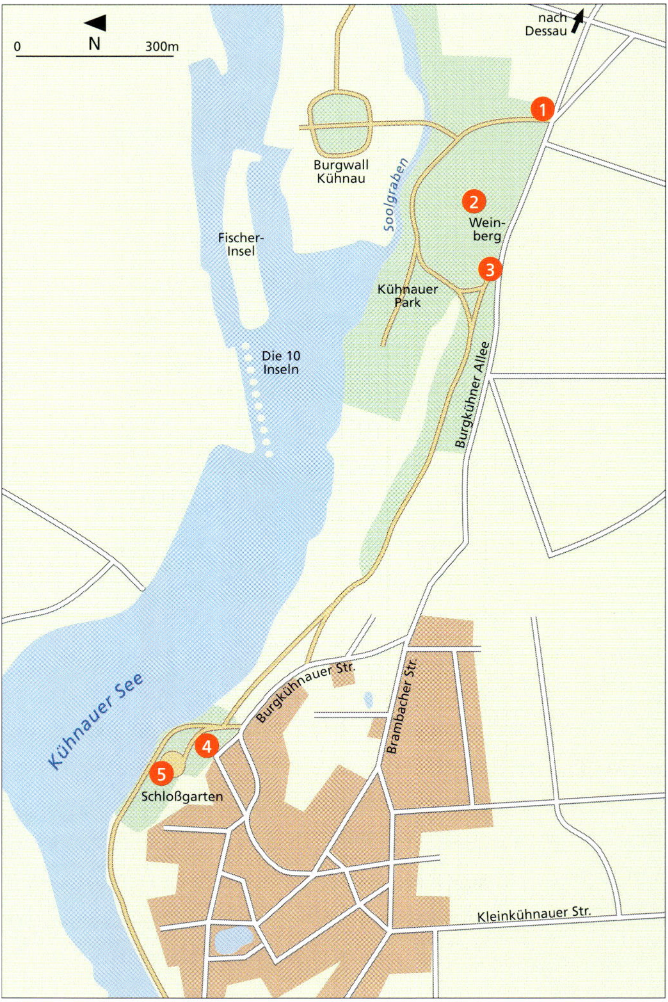

GROSSKÜHNAU

1. Löwentor
2. Klassizistischer Pavillon (Weinberghaus)
3. Rittertor
4. Kirche
5. Schloß

Eine steinerne Sitzbank stammt noch aus der Entstehungszeit des Gartens. Neben ihr errichtete Herzog Leopold Friedrich 1831 ein Monument für seinen Vater. Der Würfel aus rotem Granit trägt die Inschrift: „Friedrich / Erbprinz zu Anhalt / geb. 27. December 1769 / gest. 27. Mai 1814."

Das sogenannte **RITTERTOR**, in unmittelbarer Nachbarschaft des Weinbergs gelegen, ist der heutige Haupteingang in den Garten. Es wird durch zwei überlebensgroße Skulpturengruppen aus Sandstein markiert: **THESEUS UND ARIADNE** einerseits sowie **VENUS UND MARS** auf der anderen Seite. Es handelt sich um Arbeiten des italienischen Bildhauers Matielli, die ursprünglich im Dresdener Stadtpark der polnischen Gräfin Mosczinska standen. Herzog Leopold Friedrich erwarb sie 1818 für die Großkühnauer Anlagen. Außerdem wurden für den Garten wichtige Pflanzen nach 1814 aus dem Georgium nach Großkühnau gebracht.

Vom Weinberg erstreckt sich eine breite Sichtachse in westlicher Richtung zur Dorfkirche. Sie wurde unter Herzog Leopold Friedrich 1828 bis 1830 als ein „byzantinischer" Neubau in neoromanischen Formen errichtet. Es ist eines der ersten Bauwerke in Deutschland in diesem Stil. Auch hier wird als Architekt Carlo Ignazio Pozzi angenommen. Unmittelbar neben der Kirche steht das **SCHLOSS GROSSKÜHNAU**, das wohl Mitte des 18. Jahrhunderts errichtet und im 19. Jahrhundert umgebaut wurde. Es war über sechzig Jahre der Öffentlichkeit verschlossen. Seit 1998 befindet sich hier der neue Sitz der Kulturstiftung DessauWörlitz.

Sehr wichtig sind die in den Großkühnauer Garten einbezogenen **OBSTPLANTAGEN**. Sie stammen noch aus der Zeit der Landesverschönerung des Fürsten Franz. Sein Enkel Leopold Friedrich, ein Schüler des Zeichners Carl Wilhelm Kolbe (1757–1835), widmete ihnen ein besonderes Augenmerk; er erweiterte die Großkühnauer Parkanlage bedeutend. Heute erstrecken sich nordöstlich des Parks ausgedehnte Wiesenflächen mit Frucht- und Wildbäumen inmitten der Elbaue.

Porträt des Fürsten Franz von Anhalt-Dessau, Blick vom Luisium zur Jonitzer Kirche, Joh. Heinr. Beck, 1863

„Gott erbaute er Kirchen …“

In den geographischen Grenzen des ehemaligen Fürstentums Anhalt-Dessau beziehungsweise des heute sogenannten Dessau-Wörlitzer Gartenreichs gibt es auffallend viele Kirchen. Der Bogen ihrer Entstehungszeit spannt sich zum Beispiel von der unscheinbaren spätromanischen Dorfkirche aus Bruchstein in Sollnitz aus dem 12. Jahrhundert, die als der älteste Kirchenbau im Dessauer Kreis gilt, über die größte einstige Schloßkirche Sankt Marien (1506-1523) aus unverputztem Backstein in Dessau bis zu einigen Kirchen in neugotischem Baustil auf dem Land. Die zuletzt genannten entstanden verhältnismäßig früh an der Schwelle vom 18. zum 19. Jahrhundert, und schon deswegen zählen sie mit zu den imponierendsten baukünstlerischen Leistungen dieses Raumes. Sie verdanken ihre Existenz maßgeblich der Initiative des Fürsten Franz von Anhalt-Dessau und sind von seinem Willen und seinen Ideen entscheidend geprägt worden. Basierend auf einem von religiösem Geist durchdrungenen Staatswesen und erfüllt von der Rückbesinnung auf nationale Eigenarten hat er in bereits fortgeschrittenem Alter mit sorgfältiger Überlegung entweder historische Sakralbauten durch Um- und Anbauten erweitert oder Kirchen in neugotischem Stil als Neubau errichten lassen. So bereicherte Fürst Franz seine eigene Vision vom Garten Eden auf eine sehr individuelle Weise, wenngleich es ihm auch nicht gelang, den eigenen Typus einer praktisch-ideellen Predigtkirche zu schaffen.

Ungeachtet von welcher Seite man sich dieser außergewöhnlich vielfältigen Kulturlandschaft nähert, merkt man sehr deutlich, daß die neugotischen Kirchen als unverzichtbare Teile eines harmonischen Ensembles die ästhetischen Qualitäten des architektonisch und gartenkünstlerisch fein aufeinander abgestimmten Ganzen entscheidend mitprägen. Schon von weitem markieren ihre Turmspitzen eindrucksvoll entweder das Ende von Sichtachsen und dienen so jedem zur besseren Orientierung oder aber die Kirchengebäude stehen als Ausgangspunkt von Blickbeziehungen in die weite Flußauenlandschaft von Elbe und Mulde. In dieser nach englischem Muster großräumig gestalteten Landschaft sind sie bestimmendes Charakteristikum einer differenzierten Raumauffassung und bei weitem nicht nur dekorative Elemente in den vielzitierten Gartenbildern.

Auf einem Streifzug durch dieses denkmalgeschützte Areal kann man anhand der von Fürst Franz errichteten Dorfkirchen darüber hinaus dem komplexen Beziehungsgeflecht der miteinander korrespondierenden Bewußtseinsebenen und den schöpferischen Bildungsabsichten ihres Auftraggebers beispielhaft nachspüren. In einigen Äußerungen des Fürsten gegenüber dem aufgeklärten Theologen und späteren Wörlitzer Probst Friedrich Reil (1772-1849) wird uns seine persönliche Einstellung zur Kirche sehr deutlich: „Ich will in der Kirche erbauet, angeregt, auf mein Inneres hingewiesen, getröstet, beruhigt, mit Vertrauen und Hoffnung erfüllt werden. Ich bin recht gern in der Kirche“. Und er fährt fort: „Ein gutes Lied und der volle Gesang der Gemeinde mit der Orgel haben mich oft mehr erbaut als manche Predigt. Manchmal habe ich rechte Sehnsucht, ganz allein in der Kirche zu sein. Ich setze mich dann ganz still hin und überlasse mich meinen Gefühlen und Gedanken.“

Die evangelischen Predigtkirchen von Riesigk, Mildensee, Waldersee, Wörlitz und Vockerode, auf diese fünf Beispiele sollen sich stellvertretend für alle übrigen die folgenden Anmerkungen beschränken, standen in der Vergangenheit stets etwas im Schatten der berühmten klassizistischen Schlösser und der sie umgebenden Landschaftsgärten. Das hat aus heutiger Sicht viele Gründe. Eine wichtige Tatsache ist, daß nur die Bauwerke selbst und keine theoretischen Überlegungen oder Pläne des Bauherren beziehungsweise seiner Architekten überliefert sind. Das daraus resultierende relativ schwache Interesse der Fachwelt gegenüber den Sakralbauten erreichte in der Öffentlichkeit seinen Höhepunkt durch eine ganz allgemein in den letzten Jahrzehnten konsequent betriebene, politisch motivierte Vernachlässigung der Bausubstanz. Doch bereits im 18. Jahrhundert gibt es Gründe für ein gewisses Desinteresse an dieser speziellen Bauaufgabe. Schon der einflußreiche Freund des Fürsten Franz und langjährige Dessauer Hofarchitekt, Friedrich Wilhelm von Erdmannsdorff, hat sich nach heutiger Erkenntnis bis zu seinem Lebensende gedanklich nur ein einziges Mal mit einem Bauwerk sakraler Bestimmung befaßt, nämlich der Synagoge in Wörlitz. Ihr Entwurf basiert allerdings auf einem römischen Vorbild. Mit dem sogenannten Toleranzblick, der von der Goldenen Urne aus dieses antikisierende Bauwerk und die neugotische Sankt Petri Kirche in einem einzigen Gartenbild einfängt, wird zwar gestalterisch eine symbolhafte optische Verbindung hergestellt, jedoch durch die Baumgruppen nahm man gleichzeitig ganz bewußt eine klare Trennung der Stile vor. Erdmannsdorffs fast ausschließlich von der Antike geprägte, stilistische Dominanz war lange Zeit auch für seinen fürstlichen Auftraggeber Verpflichtung und Richtlinie bei allen seinen umfangreichen Plänen. Wie groß in der Tat sein Einfluß diesbezüglich gewesen sein muß, beschreibt wieder treffend Friedrich Reil in seiner Biographie über den Fürsten im Jahr 1845: „Hätte Ihn Winkelmann's Geist nicht bewohnt und Erdmannsdorff, der sich mit dem Gothischen eben nicht vertragen konnte und gothische Gebäude in der Nähe derer, welche er aufzuführen hatte, nicht dulden wollte, ihn nicht das Widerspiel gehalten, so würde er in Wörlitz ein gothisches Schloß aufgebaut haben."

Im Verhältnis zu dieser fast übermächtigen Persönlichkeit Erdmannsdorffs kaum beachtet und immer noch in seiner Wirkung vollkommen unterschätzt, stand dem Fürsten bei seinen Bauvorhaben in neugotischem Stil zunächst Georg Christoph Hesekiel (1732-1818, als Kammerdiener begleitete er ihn schon 1765/66 auf seiner Grand Tour nach Italien) als Anhalt-Dessauischer Baudirektor seit 1785 zur Seite. Zum Beispiel war er nicht nur für das Gotische Haus in den Wörlitzer Anlagen der verantwortliche Architekt, sondern auch für die Kirchen gleichen Stils in Riesigk, Wörlitz und Vockerode. Offizieller Nachfolger Erdmannsdorffs, nach dessen Tod im Jahr 1800 zunächst als Direktor des Hofbauamtes, wurde der gebürtige Mannheimer Carlo Ignazio Pozzi (1766-1842), der seit dem Jahr 1812 dann als Hofbaurat mit der Leitung des gesamten Bauwesens im Fürstentum Anhalt-Dessau betraut wurde.

Durch die starke Verwurzelung in dem im Fürstentum Anhalt-Dessau seit der Mitte des 16. Jahrhunderts herrschenden reformiert-calvinistischen Glauben und in einem Klima weltanschaulicher Toleranz, wo nach Meinung des Fürsten konfessionelle Grenzlinien keine große Rolle mehr spielen sollten, hatte Fürst Franz ganz konkrete Vorstellungen die Aufgaben der Institution Kirche betreffend: Sie sei „eine Welterziehungsanstalt und müsse es bleiben, jedoch müsse der Staat ihre Diener sorgfältig überwachen. Das ächt Christliche sei das wahrhaft Humane. Wer die Menschheit verdumme, in Fesseln schlage und entehre, sei kein Christ und stehe nicht in der Kirche, die den Geist frei machen solle". Und Friedrich Reil charakterisiert weiter seinen Landesherrn, „darum war er Feind aller confessionellen Unterschiede und fragte gar nicht, wenn Einem geholfen werden sollte, ob er Katholik oder Kalvinist, Lutheraner oder Jude sei".

Für diese aus seiner Sicht dringend notwendige Fortbildung der Geistlichen, aber auch um für die Pflege kirchlichen Gedankenguts in den Gemeinden auf lange Sicht etwas stabilisierend zu wirken, gründete Fürst Franz zunächst im Jahr 1787 die Anhalt-Dessauische Pastoralgesellschaft. Die in seinem Fürstentum schon vorhandene Sakralarchitektur demgemäß umzugestalten beziehungsweise konsequent einen Stil mit eigenständiger Ausprägung zu definieren, war dann der nächste Schritt.

In diesem Zusammenhang ist es äußerst bemerkenswert, daß sich der aufgeklärte Dessauer Fürst dem Thema Kirchenbau nicht mit der gleichen Radikalität des Neuerers zuwandte, wie er es guten Gewissens mit der Errichtung seines modernen englischen Landhauses in Wörlitz durch den kompromißlosen Abriß des barocken Vorgängerbaus gegen Ende der sechziger Jahre vorexerziert hatte. Einer gewissen Skepsis des Bauherren gegenüber jeglicher Monumentalität (und möglicherweise als ein Zeichen fürstlicher Sparpolitik) entsprang denn auch bei diesen Neubaugedanken sein Wunsch, sich eher an den in seinem Fürstentum bereits vorhandenen Kirchen zu orientieren. Dieser Leitgedanke resultierte möglicherweise aus seinen Erfahrungen, die er auf seinen Reisen nach England - zum ersten Mal 1763/64 - gewonnen hatte. Er lernte dort eine schon seit längerem praktizierte, aber für seine Verhältnisse wohl neuartige und sensible Vorgehensweise bei der Restaurierung bereits vorhandener Sakralbauwerke kennen. Zum Beispiel in der vom Fürsten besuchten Universitätsstadt Oxford war der Architekt Christopher Wren bei seinem ersten neugotischen Bauwerk (Christ Church College, Tom Tower, 1681-82) bestrebt, dem vorhandenen Bestand an College-Gebäuden keine Gewalt anzutun, sondern vielmehr bemühte er sich um formale Angleichung. Aus denselben Motiven begann Wren etwa gleichzeitig in der Londoner Innenstadt den Bau zweier neugotischer

Kirchen unter Verwendung mittelalterlicher Reste (St. Mary Aldermary und St. Alban). Bei dieser außerordentlich großen Bewunderung des Fürsten für die englische Architekturgeschichte ist auch vorstellbar, daß die 1763 in London erschienene Veröffentlichung von William Chambers „Plans, Elevations and Perspective Views" eine zusätzliche Rolle gespielt hat. Dessen Idee einer gotischen Kathedrale im direkten Umfeld stilistisch unterschiedlicher Bauwerke im Landschaftgarten prägte sich womöglich bei ihm ein und wirkte ebenfalls geschmacksbildend. Welchen tiefen Eindruck die Ästhetik mittelalterlicher Gotik ganz allgemein beim Dessauer Fürsten hinterließ, belegen zusätzlich die Kathedralen, die er in einer erlesenen Auswahl und großformatig auf die Wände im Kirchensaal des von ihm selbst bewohnten Gotischen Hauses malen ließ.

Um diese eben geschilderten, vornehmlich auf die engere Region bezogenen, ideen- und geistesgeschichtlich bedeutsamen Zusammenhänge in ihrer Einbindung in eine übergreifende Gesamtentwicklung besser verstehen zu können, ist es an dieser Stelle wichtig, in einem kleinen Exkurs zu erwähnen, daß in ganz Deutschland gegen Ende des 18. Jahrhunderts eine relativ breit angelegte Diskussion über einen für protestantische Kirchenneubauten adäquaten Stil verstärkt einsetzte. Zu diesem Thema meldeten sich die zahlreichen Teilnehmer, vornehmlich Architekten und Theologen aber auch dilettierende Laien, in zunehmendem Maß schriftlich zu Wort und veröffentlichten regelmäßig ihre persönlichen Meinungen. Eine ganz wesentliche Voraussetzung dieser lebendigen Diskussionen über den angemessenen Stil für eine Kirche waren die Schriften des Ulmer Stadtbaumeisters Joseph Furttenbach (1591-1667) und des Architekturtheoretikers und späteren mecklenburg-schwerinischen Baudirektors Leonhard Christoph Sturm (1669-1719). Vom Erstgenannten erscheint 1649 eine Schrift, die in der Literatur als erste bekannte Stellungnahme zu Stilfragen des protestantischen Kirchenbaus gilt. Während sich seine Ausführungen vornehmlich auf die Anordnung und die Ausgestaltung des Innenraumes beziehen, veröffentlicht Sturm im Jahr 1712 anläßlich des Neubaus der Schweriner Sankt Nicolai-Kirche sein „Architectonisches Bedencken von protestantischen kleinen Kirchen Figur und Einrichtung". Er bekämpft darin vor allem die „von langer Zeit her unter den Protestanten, sonderlich der lutherischen Kirche so gar beliebte" Kreuzform, weil diese „Figur die allerunbequemste" sei. Die „Vollständige Anweisung aller Arten von Kirchen wohl anzugeben" erscheint vom selben Autor sechs Jahre später. Hier stellt er fest, daß „der Mangel an Beschreibungen sehr groß, an förmlicher Anweisung aber solche Gebäude wohl anzulegen meines Wissens gar noch nichts vorhanden" ist, und deswegen informiert er nun selbst, wie ein katholisches Gotteshaus sich von einer protestantischen Predigtkirche im Grund- und Aufriß zu unterscheiden hat. Von den antiken Ordnungen ausgehend, verwirft er die barocken Stilelemente und will in möglichst strengem Schema einen für Deutschland charakteristischen Klassizismus neu begründen. Alle Traditionen, die dem kirchlichen Baugedanken noch aus der mittelalterlichen Kirche anhaften, läßt er völlig außer acht. Im Jahr 1779 empfiehlt dann ein anonymer Autor im Leipziger Intelligenzblatt die Nachahmung antiker Theater für protestantische Predigerkirchen wegen akustischer und optischer Vorteile. Im Gegensatz hierzu und vor dem Hintergrund eines im letzten Drittel des 18. Jahrhunderts zunehmenden Interesses an den Baudenkmälern des Mittelalters (zum Beispiel „Von deutscher Art und Kunst, einige fliegende Blätter" von Herder, Goethe, Frisi u. Möser, 1773) äußerte sich Christian Ludwig Stieglitz (1756-1836) als einer der ersten in seiner „Encyklopädie der bürgerlichen Baukunst" (1792-1798) zu den stilistischen Eigenarten des gotischen Stilsystems und den Möglichkeiten, sie bei Kirchenneubauten anzuwenden. Wegen ihrer Wirkung auf den Betrachter und die Kirchenbesucher verdienen für ihn die gotischen Kirchenbauten des Mittelalters unbestritten den Vorzug vor denen, die zu seiner Zeit „nach den Regeln der griechischen Bau-Kunst angelegt sind".

Vor dem Hintergrund dieser divergierenden Positionen über den passenden Baustil für protestantische Kirchengebäude, mit denen sich der Dessauer Fürst und seine Hofarchitekten theoretisch und praktisch zu befassen hatten, entwickelte sich das eigene baukünstlerische Schaffen. Die in seinem Auftrag zwischen 1797 und seinem Todesjahr 1817 ausgeführten Sakralbauwerke sind mit Ausnahme des antikisierenden Gebäudes für die Synagoge in Wörlitz seiner schon zitierten Vorliebe entsprechend alle mehr oder weniger in Anlehnung an den gotischen Baustil entworfen worden. Dabei ging es nicht nur darum, diese Konstruktionsmechanismen und das Gliederungssystem in dogmatisch treuer Imitation eines bestimmten Vorbildes beziehungsweise einer bestimmten Stilstufe nachzuahmen, sondern in schöpferisch freier Synthese verschiedene Formelemente der Gotik im allgemeinen zu einem einheitlichen, charakteristischen Ganzen zusammenzufügen. Damit war in gewissem Sinne auch das Hoffen verbunden, den Geist der Gotik durch ihre Form zu reaktivieren.

Im ersten Beispiel in Riesigk, einem Kirchdorf aus dem 13. Jahrhundert, das bereits 1337 der Pfarrei von Wörlitz geschenkt wurde, wird mit dem Kirchenneubau programmatisch weithin sichtbar und landschaftsplanerisch wirksam verkörpert, was dem fürstlichen Auftraggeber vorschwebte. Etwa vier Kilometer östlich von seiner Sommerresidenz in Wörlitz entfernt liegt die Kirche direkt am Ortsrand

Riesigk, Fassade der Dorfkirche, Grundriß u. Mauerwerksverband, G. Chr. Hesekiel

an der Straße in Richtung Wittenberg. Schon von weitem markiert sie mit ihrer schlanken hohen Turmspitze annähernd die Grenzlinie des heutigen Dessau-Wörlitzer Gartenreichs nach Osten hin. Diese jetzige Bekrönung ist allerdings eine Schöpfung aus der Mitte des 19. Jahrhunderts. Ursprünglich befanden sich eine Laterne auf quadratischem Grundriß und Seitenflächen mit Spitzbogenmaßwerk sowie ein flaches Satteldach mit einer Wetterfahne als Abschluß auf dem Turm. Der neugotische Backsteinbau mit einem Sockel aus Feldsteinen, der etwa zwischen 1797 und 1800 unter der Leitung von G. Chr. Hesekiel errichtet wurde, ist vermutlich einer der frühesten protestantischen Kirchenbauten in diesem Stil in Deutschland. Vor allem als Grablege für seine Schwester Henriette Catharina Agnese, Freifrau von Loen (1744-1799), an der Stelle eines inzwischen baufällig gewordenen Vorläufers aus Fachwerk, den noch sein Großvater beauftragt hatte, ließ Fürst Franz auf fast quadratischem Grundriß diese Kirche errichten. Gegenüber dem Turm in der Längsachse nördlich schließt sich im Süden an der Chorseite ein Rechteckbau für die

Sakristei an. Die abgetreppten Giebel des Kirchenschiffes mit den schlanken Fialen an den Ecken und am First, die vorgelegten Strebepfeiler (ohne stützende Funktion), die spitzbogigen, hell geputzten Maßwerkportale und -fenster an den Seitenwänden und im dreigeschossigen Turm bestimmen den neugotischen Charakter des Außenbaus und machen ihn so zu einer durchaus eigenständigen, einheitlichen Schöpfung. Im einschiffigen Kirchenraum mit seiner eher schlichten Ausstattung, zur Hauptsache bestehend aus der holzsichtigen Empore in Hufeisenform, die von glatten Holzsäulen mit Kapitellen getragen wird, befindet sich vor dem Reihengestühl für den Gemeindegottesdienst und etwas versetzt vor der Kanzel der steinerne, neugotische Altartisch. Die plastisch gearbeitete Grabplatte aus Gipsguß direkt darunter, mit der Liegefigur der verstorbenen Schwester Agnese in mittelalterlicher Kleidung, schuf der Dessauer Bildhauer Friedemann Hunold (1773-1840). An den geputzten und einfarbig gefaßten Wänden fallen 22 gemalte Inschriftenfelder mit Texten von Psalmen auf. Bemerkenswert sind auch die zwei Grabtafeln aus Marmor an der Stirnseite des Kirchenschiffes für die früh verstorbenen Schwestern des Fürsten Franz, Marie Leopoldine (1746-1769) und Casimire von Anhalt-Dessau (1749-1778), der jüngsten der vier Schwestern. Den wirkungsvoll gegliederten Innenraum schließt eine flache Holzbohlendecke mit ornamental angeordneten, aufgesetzten Gratleisten nach oben hin ab. Der sich hier bereits in Ansätzen abzeichnende neugotische Kirchenbaustil für Anhalt-Dessau mit seiner geschlossenen Raumwirkung und einem Interieur unverwechselbarer Eigenart sollte sich in den folgenden Jahren in seinen Grundzügen verfestigen und immer weiter verfeinern.

Das Bemühen des Fürsten Franz von Anhalt-Dessau um einen für die Bedürfnisse der protestantischen Gemeinden einerseits und seine eigenen ästhetischen Vorstellungen andererseits befriedigenden Kirchenbau wurde in Mildensee (Pötnitz) fortgesetzt.

Die im Auftrag des Fürsten zwischen 1804 und 1806 hauptsächlich von G. Chr. Hesekiel, wohl aber auch von C. I. Pozzi betreuten Arbeiten basierten im wesentlichen auf den noch intakten Bestandteilen der romanischen Backsteinbasilika des ehemaligen Konvents Mildensee (vor 1198 durch Erzbischof Ludolf von Magdeburg zur Pfarrkirche erhoben). Die zur Entstehungszeit wahrscheinlich vorhandenen Seitenschiffe dieses fünfjochigen Sakralbaus mit kreuzförmigem Grundriß, der am Südwestende des Dorfes unmittelbar an den Dessauer Tiergarten angrenzt, wurden nicht erneuert. Ob das nördliche Querschiff überhaupt bestanden hat, ist bis heute noch nicht eindeutig geklärt. Eine Turmanlage war jedoch nachweislich nie vorhanden. Von Anfang an war durch Hesekiel kein völliger Neubau unter Verwendung alten Materials geplant, sondern aus Kostengründen eine Sanierung und vor allem eine Angleichung in neugotischem Stil. Das nördliche Querschiff und der Dachstuhl mit allen vier Giebeln wurden neu errichtet, wie der Dessauer Baumeister aber auch den im Verhältnis zum übrigen Baukörper nicht sehr hohen neugotischen Vierungsturm nach englischen Vorbildern entwarf. Fast noch etwas tastend und kantig in das dicke Mauerwerk eingeschnitten sind zwischen Ecklisenen auf jeder Seite die gotisierenden Spitzbogenfenster symmetrisch und in zwei Etagen übereinander angeordnet. Zusätzlich verleihen die auf einer durchbrochenen Galerie aufsitzenden acht schlanken Türmchen um den mittleren, polygonalen spitzen Turmaufsatz diesem

Kirche in Mildensee (Pötnitz), Zeichnung Jacobo Pozzi, um 1860

seinen mittelalterlichen Charakter. Darüberhinaus erhält die Mildenseer Kirche aber ihr neugotisches Stilgepräge nicht nur durch das runde Maßwerkfenster über dem fünfmal abgestuften Eingangsportal mit seiner ebenfalls neugotischen Holztüre im Westen, sondern auch durch die Treppengiebel und den Blendbogenfries auf kleinen Konsolen, der an der Außenfassade zwischen den Fensterbogenscheiteln und dem Dachansatz entlangläuft. Da die fünf Spitzbogenarkaden im Innern des Langhauses vermauert wurden, ist der romanische Stützenwechsel zugunsten der Symmetrie aufgegeben. Beim Einbau von Emporen hat man sich auf schmale Holzemporen beschränkt, die auf schlanken Säulen die Querschiffe an drei Seiten umziehen. Wie bei der Riesigker Kirche schließt hier wieder eine ornamentierte flache Holzdecke den Innenraum nach oben ab.

Etwa zeitgleich mit Mildensee und gleichsam als ein Höhepunkt seines Auftragswerks im Geist einer religiösen Erneuerung ist die neugotische Sankt Petri Kirche in Wörlitz entstanden. Hierbei handelt es sich um das letzte große Bauvorhaben innerhalb der Wörlitzer Anlagen, das gleichzeitig als Bindeglied fungiert zwischen der Stadt und dem Landschaftsgarten. Die Abhängigkeit des Fürsten Franz von der stilistischen Retrospektive tritt auch hier wieder deutlich zutage. G. Chr. Hesekiel, der inzwischen Erfahrung im Umbau und der Erweiterung historischer Bausubstanz hatte, begleitete auch hier die Maßnahmen. Etwa ab dem Jahr 1805 errichtete er innerhalb von nur vier Jahren in gotisierendem Stil an der Stelle der Kirche, die im Jahr 1201 von Albrecht dem Bären geweiht wurde und auf einem weiteren Vorgängerbau aus dem 15. Jahrhundert zuerst den polygonalen Chor auf der Ostseite. Anschließend folgte der Bau des oberen Teiles der Langhauswände mit dem Querschiff einschließlich Giebeln sowie die Portalvorhallen im Süden und Westen und zum Abschluß der

66 Meter hohe Turm über dem alten Unterbau. Rundbogenfriese gliedern diesen in drei Geschosse, wobei der Bruchsteinsockel aus der ersten Bauphase nur kleine Fensteröffnungen besitzt gegenüber den übrigen Geschossen mit Blendbogen und schlanken Maßwerkfenstern. Die über das dritte Geschoß frei aufsteigenden Fialen an den Ecken sind durch filigrane Strebebögen mit dem Turmhelm verbunden, die ihm schon aus der Ferne sein unverwechselbares und elegantes Erscheinungsbild garantieren. Auffallend ist, daß die nördliche, den Wörlitzer Anlagen zugewandte Fassade insgesamt baukünstlerisch wesentlich aufwendiger gegliedert ist.

Um sich auch im Inneren noch mehr seinen mittelalterlichen Vorbildern anzunähern, errichtete Hesekiel hier zum ersten Mal über dem Langhaus ein zugespitztes Tonnengewölbe, in das die Fenster mit Stichkappen einschneiden. Die Vierungs- und Querschiffgewölbe bedeckte er mit fein stuckierten Kreuzrippenornamenten sowie mit ebensolchen Kielbögen über der

Nordansicht der St. Petri-Kirche in Wörlitz, Jacobo Pozzi, um 1840

Öffnung zum Querhaus. Im Chor dokumentiert ein feingliedrig gotisierendes Sterngewölbe als schmückendes Beiwerk von lebhafter Rhythmik seine baukünstlerischen Fähigkeiten. Zweigeschossige Holzemporen, deren Brüstungen mit streng symmetrischem Maßwerk verziert sind, werden von schlanken durchgehenden Säulenbündeln gestützt und dominieren den Raumeindruck. Die weiß gefaßten Rippen heben sich leicht ab von den monochrom gelb getönten glatten Wandflächen und erzeugen so eine in sich stimmige Wirkung. „Kirche und Thurm sind mir gelungen. Ich bilde mir ordentlich etwas darauf ein", beurteilt am Ende selbstgefällig der fürstliche Bauherr sein sakrales Hauptwerk.

Als monumentales Wahrzeichen, als hierarchisch hochstehendes Gotteshaus, durch ihre einzigartige Raumform und nicht zuletzt durch ihre städtebaulich wirkungsvolle Stellung nimmt die Wörlitzer Kirche unter den beschriebenen neugotischen Kirchenbauten im Gartenreich den höchsten Rang ein. Angesichts dieser Tatsache ist es nicht verwunderlich, wenn sich bereits Zeitgenossen anläßlich ihres Besuchs immer wieder begeistert über diesen Kirchenbau äußerten. „Sie ist ein Meisterstück gothischer Bauart, und wird auf Jahrtausende ein Denkmal des geläuterten Geschmaks und des Gefühls seines Erbauers sein (...) Man kann den Thurm sehr bequem bis in seine höchste Höhe besteigen, und hat oben eine entzükkende Aussicht nach Wittenberg, Torgau, den Petersberg, Dessau, Koswig" schreibt 1812 der Gärtner Georg Steiner (1774-1834). Der durch sein geniales und exzentrisches Wesen bekannte russische Fürst Putiatin (1749-1830) wurde gleichfalls ganz euphorisch, als er in Wörlitz den Kirchturm zum ersten Mal sah: "Ja, du bist Wegweiser zum Himmel; ein Wunder der Zeit und der Kunst! Wir bleiben aber noch hier; denn hier ist gut sein, ein Garten Gottes!"

In westlicher Richtung, auf halbem Weg von Wörlitz nach Dessau, steht in dem an der Elbe gelegenen, ehemaligen Fischerdorf Vockerode das einzige sakrale Bauwerk in neugotischem Stil mit einer Doppelturmfassade. Die ursprünglich ebenfalls auf Fernsicht geplante Wirkung dieses hell gefugten Backsteinbaus unweit der Hauptstraße ist heute allerdings durch das direkt an die Gemeinde angrenzende, dörfliche Dimensionen sprengende Kraftwerk annähernd zerstört. Der imposante Kirchenbau anstelle einer älteren Fachwerkkirche wurde im Auftrag des Fürsten Franz von G. Chr. Hesekiel, möglicherweise unter Mitwirkung von C. I. Pozzi, zwischen 1810 und 1812 komplett neu errichtet. Auf rechteckigem Grundriß mit polygonalem Chorschluß wächst das Kirchenschiff nach oben. Die Außenwände, die umlaufend durch schmale hohe Maßwerkfenster und abgetreppte Strebepfeiler gegliedert sind und am Dachansatz einen profilierten Blendbogenfries aufweisen, tragen ein steiles Satteldach mit versetzt angeordneten Giebelgauben. Die westliche Turmanlage, die nur unwesentlich breiter als das Langhaus ist, wird als geschlossener Gebäudeblock in zwei Stockwerken bis in Firsthöhe geführt, erst dann setzen als dritte Etage zwei spitzbogig durchfensterte, achteckige Türme mit steilen Pyramidendächern den Schlußpunkt. Am Ansatz dieser Dächer wiederholt sich in leicht abgewandelter Form der Blendbogenfries des Langhauses.

Dorfkirche Vockerode, Emporenbrüstung im Langhaus

Ganz im Gegensatz zu den ersten beiden Beispielen in Riesigk und Mildensee zeichnen jetzt Weiträumigkeit und Helligkeit den gesamten Innenraum aus. Wie schon in Wörlitz wird er von einer Spitztonne überwölbt und durch weiße profilierte Stuckrippen (ohne statische Funktion) mit Schlußsteinen auf glattgeputzten hellgelben Flächen dekorativ gestaltet. Weiß gefaßte Halbsäulen mit Pflanzenkapitellen tragen die dreiseitig umlaufende Holzempore, deren Brüstungen mit weißen Rosetten auf rosafarbenem Grund zwischen Pilastern ornamental gegliedert sind.

Mit dem letzten Beispiel in dieser ausgewählten Reihe, dem Neubau eines Turmes (Bauzeit 1816/1817) für die Jonitzer Kirche im heutigen Dessauer Stadtteil Waldersee wird deutlich, was in ganz Deutschland gegen Ende der zwanziger Jahre des 19. Jahrhunderts in die allgemein formulierte Frage münden sollte: „In welchem Style sollen wir bauen?“ (Heinrich Hübsch). Nach den vier in gotisierendem Stil umgestalteten oder neuerbauten Kirchen mag es uns aus heutiger Sicht vielleicht als ein Bruch erscheinen, wenn Fürst Franz im Alter von über siebzig Jahren seine bisherigen Gestaltungsgrundsätze nicht weiterverfolgte, sondern sich jetzt wieder für eine antikisierende Lösung entschied. Zweifellos spielte der besondere Ort und vor allem die geplante Nutzung des Turmes als Mausoleum für seine Gemahlin Luise, die bereits 1811 verstarb, eine größere Rolle als die Einheit mit dem Stil des übrigen Kirchengebäudes. Dieser

Vorbild für das Mausoleum an der Jonitzer Kirche, nach J.G. Grohmann, 1805

Turm fungiert nämlich nicht ausschließlich als point de vue am Ende einer Sichtachse, sondern stellt auch stilistisch die Verbindung zum frühklassizistischen Schloß im Luisium her. Übrigens hatte Fürst Franz von hier aus diese Baumaßnahme bis zu seinem Tod am 9. August 1817 geleitet.

Direkt an das einschiffige, rechteckige Langhaus der zwischen 1722 und 1725 errichteten Jonitzer Kirche plante der Fürst zusammen mit C. I. Pozzi anstelle eines damals nicht mehr vorhandenen Turmes aus der Entstehungszeit einen zweistöckigen Baukörper aus verputztem Backstein mit einem schlanken Obelisk als bekrönendem Abschluß. Inspiriert wurde er wahrscheinlich durch eine ähnliche Darstellung in dem von Johann Gottfried Grohmann (1764-1805) herausgegebenen „Ideenmagazin für Liebhaber von Gärten". Über einige Stufen einer Freitreppe betritt man durch das Hauptportal mit deutlich vorstehendem Dreiecksgiebel einen gewölbten Innenraum, dessen Wirkung durch die dunklen Marmorsarkophage mit den Porträtmedaillons der beiden Verstorbenen auf der Vorderseite (von Friedemann Hunold) dominiert wird. Mit dem Ziel der Vereinheitlichung in der Erscheinung wurde der Innenraum zwischen 1820 und 1822 in klassizistischer Formensprache umgestaltet.

Ein wahrhaft reiches Volk wird dadurch reich, daß es vieles von anderen übernimmt und weiterbildet, hat der Schweizer Kultur- und Kunstwissenschaftler Jakob Burckhardt einmal gesagt. Nicht nur mit seinen klassizistischen Schlössern und den Landschaftsgärten, sondern gerade auch mit seinem vielfältigen Kirchenbauprogramm ist das dem Fürsten Franz von Anhalt-Dessau in einer überaus qualitätvollen Weise gelungen.

Hinweis:
Informieren Sie sich beim örtlichen Pfarramt über die Öffnungszeiten

Fürst-Leopold-Denkmal vor der Marienkirche

STADTGESCHICHTE DESSAU UND WÖRLITZ

DESSAU wurde am 4. November 1213 als „Dissowe" erstmals urkundlich erwähnt. Spätere Urkunden machen es wahrscheinlich, daß der Ort bereits Ende des 12. Jahrhunderts, etwa zur gleichen Zeit wie Wittenberg, als Marktsiedlung planmäßig gegründet wurde. Die Marktsiedlung Dessau lag an der Grenze zwischen dem Altsiedelland und den im 12./13. Jahrhundert eroberten sorbischen Gebieten, die mit deutschen und flämischen Kolonisten besiedelt wurden. Schon im Mittelalter war dieses Gebiet an der unteren Mulde eine reiche Kulturlandschaft. Reppichau, der Geburtsort Eike von Repgowes, dem wir den Sachsenspiegel verdanken, liegt nur 12 km westlich von Dessau.

Eine erste kulturelle Blütezeit erlebte die Stadt im 16. Jahrhundert, als sie Residenz der Fürsten von Anhalt wurde, in deren Auftrag prächtige Renaissancebauten entstanden, von denen heute nur der westliche Flügel des Schlosses (Johannbau, 1530–1534) und die **MARIENKIRCHE** (1506–1554) erhalten sind. Nach 1530 traten die Dessauer Fürsten in engen Kontakt zu Luther und anderen Wittenberger Reformatoren. 1596 wechselten sie zum reformierten Bekenntnis über. Vielfältige Beziehungen zu anderen reformierten Territorien, besonders zur Kurpfalz, den Niederlanden und Brandenburg, befruchteten die Entwicklung der Stadt. Nach der Schlacht am Weißen Berg (1620) fanden zahlreiche Pfälzer Emigranten in Dessau und Anhalt eine neue Heimat. Im Dreißigjährigen Krieg verarmte Dessau völlig, blieb jedoch von größeren Zerstörungen verschont. Vor den Toren der Stadt fand am 25. April 1626 die berühmte Schlacht an der Dessauer Elbbrücke zwischen den Truppen Wallensteins und den Lutherischen unter Ernst von Mansfeld statt.

Der Wiederaufbau des städtischen Lebens nach den Schrecken des Dreißigjährigen Krieges wurde durch Johann Georg II. und dessen Gattin Henriette Catharina von Nassau-Oranien gefördert. Der Bilderschatz der Oranischen Erbschaft, den Henriette Katharina als eine der Töchter der Amalie von Solms mitererbt hatte, kam nach Dessau. Es handelt sich dabei besonders um Werke der niederländischen und flämischen Malerei des 17. Jahrhunderts, die heute den Grundstock der Sammlungen der Anhaltischen Gemäldegalerie (Georgium) und des Museums Schloß Mosigkau bilden.

Unter dem Fürsten Leopold, dem Alten Dessauer, wurde die Kavaliersstraße als neue Prachtstraße der fürstlichen Residenz angelegt. Sie bildet ein Teilstück der die Stadt in nord-südlicher Richtung schneidenden Verkehrsader (B 184).

Unter der aufgeklärten Regierung des Fürsten Franz war Dessau ein Zentrum vielfältiger Reformbestrebungen auf kulturellem und wirtschaftlichem Gebiet und gern besuchtes Reiseziel einer Reihe bedeutender Zeitgenossen (Goethe, Forster). In Dessau bildete der Freund und Berater des Fürsten, der Architekt Friedrich Wilhelm von Erdmannsdorff, den frühklassizistischen Stil aus. Das Baugeschehen verlagerte sich von der Innenstadt, wo nur wenige klassizistische Bauwerke entstanden, an die Peripherie und in die reizvolle Auenlandschaft von Elbe und Mulde, die in einen einzigen großen, von der östlichen bis zur westlichen Landesgrenze Anhalt-Dessaus reichenden Garten umgestaltet wurde. In diese Gartenlandschaft sind die Anlagen des Georgiums, Luisiums, von Kühnau und vor allem Wörlitz eingebettet.

Ein Ereignis von nationaler Bedeutung war Johann Bernhard von Basedows Versuch, von Dessau aus das Schulwesen in Deutschland zu reformieren. Das von ihm gegründete Philanthropinum (1774–1793) ist das früheste deutsche Beispiel einer staatlichen, stark naturwissenschaftlich und auf das praktische Leben orientierten Schule. Hier wirkten so hervorragende Pädagogen wie Joachim Heinrich Campe, Christian Gotthilf Salzmann oder Gerhard Ulrich Anton Vieth.

Die Industrialisierung Dessaus setzte um die Mitte des 19. Jahrhunderts nur zögernd ein, holte den Rückstand nach 1871 jedoch rasch auf. Als Vorteile erwiesen sich hierbei die zentrale Lage der Stadt im frühen deutschen Eisenbahnnetz und die Nähe der Elbe (ab 1859 Bau des Wallwitzhafens). 1855 siedelte sich die Gasindustrie in Dessau an (Deutsche Continental-Gas-Gesellschaft), die mit dem Namen Hans Victor von Unruh verbunden ist. Ihr folgten der Maschinenbau und die chemische Industrie. Um 1900 war Dessau eine Stadt mit ca. 50 000 Einwohnern, davon 12 000 Lohnarbeiter, und hatte ihren Charakter endgültig von der Residenz- zur Industriestadt gewandelt.

In den zwanziger Jahren unseres Jahrhunderts erlangte Dessau durch die Junkerswerke und das Bauhaus internationales Ansehen. Nach Vorarbeiten während des ersten Weltkrieges entwickelte Prof. Hugo Junkers das erste verspannungslose Ganzmetall-Flugzeug der Welt, die F 13. Die Junkers Flugzeug- und Motorenwerke wurden zu strukturbestimmenden Betrieben, in denen ein Großteil der Arbeiter und Angestellten der Dessauer Industrie beschäftigt war. Die Stadt dehnte sich durch den Bau von Siedlungen nach Westen und Süden aus. Die Mehrzahl der heutigen Vororte wurde 1923 bzw. 1930 eingemeindet.

Im Jahr 1925 siedelte das Bauhaus von Weimar nach Dessau über. Dessau hatte den Vorzug vor anderen Städten erhalten, weil es die finanziellen Mittel für einen Hochschulneubau bereitstellen konnte. Der Machtantritt der Nationalsozialisten im Freistaat Anhalt im April 1932 bedeutete das Ende des Bauhauses in Dessau.

Ab Frühjahr 1933 diente der Name Junkers für die Flugzeug- und Motorenwerke nur noch als Aushängeschild. Dessau wurde ein Rüstungszentrum im nationalsozialistischen Deutschland. Ab 1940 flogen englische und amerikanische Bomber die Stadt in insgesamt 20 Angriffen an. Der Nachtangriff vom 7. März 1945 zerstörte das Zentrum zu über 80 Prozent. Unersetzliche materielle und kulturelle Werte gingen im Bombenhagel unter.

Das erste nach dem Krieg wiedererrichtete größere Gebäude war das Theater, das auf eine lange Tradition, besonders in der Wagner-Pflege, zurückblicken kann. Am 7. März 1951 wurde der Grundstein für den Wiederaufbau des Stadtzentrums um das Rathaus gelegt. Der Wiederaufbau Dessaus war stark den Zwängen der Wohnungsbeschaffung unterworfen. Die Dessauer Bauwirtschaft gewann eine große Bedeutung innerhalb der ehemaligen DDR und garantierte vielen Menschen einen sicheren Arbeitsplatz. Der Maschinenbau behielt sein starkes Gewicht im Wirtschaftsleben der Stadt. Nach der Wiedervereinigung im Jahr 1990 brachen jedoch die solcherart erwachsenen Strukturen auseinander. Es kam zu einem raschen Niedergang der Dessauer Industrie.

Heute leben in der Stadt, deren Einwohnerzahl bereits in den 1930er Jahren und wieder 1972 die 100 000-Grenze überschritten hatte, rund 89 000 Menschen. Dessau, die alte Hauptstadt des Herzogtums bzw. Freistaates Anhalt, wurde 1991 Sitz eines Regierungspräsidiums im Land Sachsen-Anhalt. Seine Vorzüge liegen in der engen Verbindung von kultureller Ausstrahlung und reizvoller, natürlicher Umgebung.

Drehberg zwischen Vockerode und Griesen, Fréderic le Bert de Bar, 1786

Die Stadt **WÖRLITZ** kann auf eine über tausendjährige Geschichte zurückblicken. Wörlitz war Mittelpunkt eines deutschen Burgwards, deralsvorgeschobener Grenzsicherungs- und Verteidigungspunkt gegen die Sorben diente. Die namengebende, ursprünglich slavische Burganlage wird an der Stelle des jetzigen Schlosses vermutet. Wörlitz befand sich seit dem 11. Jahrhundert im Besitz der Askanier, blieb im 13. Jahrhundert bei der anhaltischen Linie dieses Geschlechtes und gehörte später dauernd zum Fürsten- bzw. Herzogtum Anhalt-Dessau, in dem es als Amtssitz fungierte.

Albrecht der Bär ließ hier Flamen ansiedeln, die mit der Kultivierung der feuchten Elbniederung um den Ort begannen. Die 1196 zuerst genannte, 1201 geweihte Kirche gewann schnell große Bedeutung, so daß sie schon nach wenigen Jahren Pfarrei für 42 Orte war. Teile dieser romanischen Kirche wurden in den neugotischen Neubau (eingeweiht 1809) übernommen.

Wörlitz wurde erstmals 1440 als Stadt bezeichnet. Später erschien es wechselweise als Flecken, Marktflecken oder Städtchen, hatte aber lediglich Nahmarktfunktion. Haupterwerbsgrundlage seiner Bewohner war die Landwirtschaft. Fürst Leopold von Anhalt-Dessau ließ in der ersten Hälfte des 18. Jahrhunderts eine systematische Entwässerung des Wörlitzer Gebietes vornehmen und den Ausbau der Hochwasserschutzanlagen an der Elbe beginnen, die unter Fürst Franz entscheidend verstärkt und erhöht wurden.

Zum wirklichen Aufschwung der Stadt Wörlitz kam es erst, nachdem Fürst Franz ab 1764 mit der Anlegung des Landschaftsgartens begonnen hatte. Die Stadt paßte sich baulich den veränderten Zeiten, die viele Fremde nach Wörlitz führten, an. Es kam zu einer teilweisen Verlagerung der ursprünglichen Bebauung. Zwischen Kirche und See befindliche Häuser wurden abgerissen. Die derart gewonnenen Flächen bezog man in die Gestaltung des Landschaftsgartens ein. Der Baumeister des Fürsten, Friedrich Wilhelm von Erdmannsdorff, entwarf die Pläne zu einer Reihe von Neubauten in der Stadt, u.a. zum Rathaus (1792–1795), zu den beiden Gebäuden auf dem neuangelegten Friedhof am Ostende der Stadt (1796–1798), zum Wirtschaftsgebäude (1783) und zum Wohnhaus der fürstlichen Domäne (1783–1787) sowie zum Gasthaus Zum Eichenkranz (1785–1787). Unter ihrem Verwalter, dem fürstlichen Kammerdirektor Georg Friedrich von Raumer (1755–1822), entwickelte sich die Wörlitzer Domäne ab 1776 zu einer berühmten Musterlandwirtschaft.

Wörlitz blieb ein Ackerbürgerstädtchen. Industrie siedelte sich hier nicht an. Heute gehört die Stadt zum Kreis Anhalt-Zerbst. Noch immer hat der Fremdenverkehr entscheidende Bedeutung für den Ort.

UMGEBUNG VON DESSAU UND WÖRLITZ

➔ Die Wallwachhäuser (Limesturm, Rehsen, Mittelhölzer, Berting, Rauhes Wachhaus, Dianenwachhaus und Elbpavillon in Dessau) wurden entlang der Deiche in regelmäßigen Abständen errichtet.

➔ Die alte Schule in Griesen ist ein Erdmannsdorff-Bau von 1788, der an die Schulreform des Aufklärungszeitalters erinnert.

➔ In Riesigk ist der Kommunalbau – 1789 von Erdmannsdorff ausgeführt – sehenswert. Er beherbergte als Mehrzweckbau Schule, Wachhaus und Bäckerei.

➔ Der Turm der acht Winde (Napoleonturm) in Dessau-Mildensee gilt als freie Nachbildung des Horologiums in Athen. Das achteckige Gebäude wurde 1812 von Pozzi fertiggestellt.

➔ Die Wallanlage am Drehberg, zwischen Vockerode und Griesen gelegen, sollte ursprünglich als fürstliches Grabmal dienen. Der klassizistische Tempel Erdmannsdorffs wurde 1826 abgetragen.

Wallwachhaus

DAS KULTURDENKMAL DESSAU-WÖRLITZER GARTENREICH

Bildungsbeflissene Besucher und weitgereiste Kenner von Kunst und Kultur waren schon im späten 18. Jahrhundert von den Eindrücken überwältigt, die sie im kleinen Fürstentum Anhalt-Dessau gewonnen hatten. Dieser Landschaftsausschnitt zwischen Dessau und Wittenberg ist das gegenständliche Zeugnis eines umfassenden aufgeklärten Reformwerks, wo mit einem vorher und nachher nirgendwo so konsequent verfolgten Prozeß eine Symbiose von Landschaftsgestaltung und Baukunst mit einer umfassenden Wirtschafts-, Bildungs- und Sozialreform angestrebt worden ist. Inspiriert durch die Reiseeindrücke der klassischen „Grand Tour", die nach England, Italien, Frankreich, Holland und in die Schweiz führte, haben Fürst Leopold III. Friedrich Franz von Anhalt-Dessau und sein kongenialer Architekt und Baumeister Friedrich Wilhelm von Erdmannsdorff zusammen mit bedeutenden Gärtnern und Landschaftsgestaltern ein Gesamtkunstwerk geschaffen. Weiträumige Sichtbeziehungen und Blickachsen, kurvenreiche Straßen und angenehme Wege erschließen eine durch zahlreiche Parkanlagen, Bauwerke, Deiche, Gewässer, Alleen, Obst- und Solitärbaumpflanzungen künstlerisch gestaltete Landschaft.

Die vielfältigen Bestandteile der „verschönerten Landschaft" des damaligen Fürstentums Anhalt-Dessau (Größe um 1800 etwa 700 qkm) haben sich auf einer Fläche von 145 qkm bis in die Gegenwart hinein erhalten. Zur historischen wie auch gegenwärtigen Gesamtgestaltung gehören die barocke Schloßanlage in Dessau-Mosigkau, das Jagdschloß Dessau-Haideberg und nahe des Dessauer Stadtzentrums der von Erdmannsdorff geschaffene Neue Begräbnisplatz. Die hochwertige und authentische Denkmalsubstanz des gesamten Bereichs führte bereits 1979 zur Eintragung in die zentrale Denkmalliste der DDR. Der heutige Schutzstatus als Denkmalbereich entspricht den Anforderungen des Denkmalschutzgesetzes des Landes Sachsen-Anhalt vom 21. 10. 1991 und stellt für die Denkmalpflege eine wichtige Aufgabe und große Herausforderung dar. Die vom Landesamt für Denkmalpflege erstellten Karten zum Denkmalbereich Dessau-Wörlitzer Gartenreich berücksichtigen die zahlreichen und vielgestaltigen Denkmale vom Ende des 17. bis zum Beginn des 20. Jahrhunderts. Die Garten- und Parkanlagen, die gestalteten Landschaftsteile, die Bauwerke in der freien Landschaft, die historischen Ortsstrukturen, die ursprünglichen Straßen, Wege, Deiche, Wasserflächen und letztendlich die Sichtachsen sind gestaltprägend für das Flächendenkmal.

Der Schutz und die Pflege des Dessau-Wörlitzer Gartenreichs sind in einem noch primär ländlich geprägten Raum ein Nebeneinander von vielen Einzelhandlungen, mit denen versucht wird, das Flächendenkmal gegen eine Vielzahl von Gefährdungen zu schützen. Vor allem der enorme Investitionsdruck bei der Neuansiedlung von Gewerbe und Industrie innerhalb des denkmalgeschützten Bereichs, die zunehmende Tendenz zur Zersiedelung der Landschaft und die Nichtnutzung historisch bedeutsamer Bauten beeinträchtigen oder zerstören die hochwertige Denkmalsubstanz, obwohl deren Anziehungskraft für den Tourismus die für die Zukunft wirtschaftlich bedeutsamste Ressource der Region darstellen kann. Um so wichtiger ist es, das Dessau-Wörlitzer Gartenreich in seiner Gesamtheit einer breiten Öffentlichkeit vorzustellen und das Interesse an dieser einzigartigen Kultur- und Denkmallandschaft von europäischem Rang zu wecken und zu fördern.

Gotthard Voß
Landeskonservator

Die Wörlitz Bank

Im Schloßgarten war sie einst aufgestellt, und dorthin soll sie mit der Hilfe von Stiftern wieder zurückkehren. Die historische Wörlitz Bank, damals wie heute gefertigt aus Elbsandsteinsockeln und einer elegant geschwungenen Eichenholzsitzauflage, konnte dank der Unterstützung des Hamburger Unternehmens Garpa originalgetreu nachgebaut werden. Zwei Dessauer Handwerker, ein Steinmetz und ein Tischler, wurden beauftragt, zwanzig Repliken der Bank herzustellen, die an ihre ursprünglichen Plätze zurückkehren sollen.

Unsere Reisevorschläge

Anfahrt

Wenn Sie mit dem Auto anreisen und die Autobahn A 9 Berlin-Nürnberg benutzen, können Sie in Dessau-Ost, Vockerode oder Coswig/Anhalt abfahren. Von der Abfahrt Dessau-Ost aus führt die Straße in westlicher Richtung nach Dessau (4 km), in östlicher Richtung nach Oranienbaum (8 km) und Wörlitz (14 km). Die Abfahrt Vockerode empfiehlt sich, wenn Sie Wörlitz auf kürzestem Weg erreichen möchten. Fahren Sie der Ausschilderung „Wörlitzer Park“ nach. Jetzt kommen Sie direkt zum Großparkplatz an der Rousseau-Insel (Caravan-Stellplätze mit Wasser- und Elektroanschluß).

Tip: Eine beschauliche Anfahrt nach Wörlitz bietet die Abfahrt Coswig/Anhalt. Hier wird, der B 107 folgend, zunächst lautlos mit einer Gierfähre über die Elbe (keine Reisebusse) gesetzt. Danach geht es etwa 4 km über eine 100-jährige Kopfsteinpflasterstraße bis an den Rand der Wörlitzer Anlagen. Die Straße von Coswig nach Wörlitz ist übrigens Bestandteil der **Deutschen Alleenstrasse**, die von der Insel Rügen bis zum Bodensee verläuft. In dieser Region führt sie von Wittenberg über die Elbe bei Coswig nach Wörlitz, Dessau, Köthen und Bernburg.

Bei Anreise mit der Bahn fahren Sie bis Dessau. Direkt vom Hauptbahnhof fahren Busse der Dessauer Stadtlinie (u. a. nach Dessau-Waldersee zum Luisium oder nach Dessau-Mosigkau zum Schloß), aber auch in Richtung Wörlitz (35 Minuten Fahrzeit) und nach Oranienbaum (30 Minuten Fahrzeit). Von Anfang April bis Anfang Oktober besteht außerdem die Möglichkeit, mittwochs, samstags und sonntags mit der Dessau-Wörlitzer

Eisenbahn nach Oranienbaum und Wörlitz zu fahren. Diese kleine Nebenbahn (1994: 100-jähriges Bestehen) benötigt für ihre gemütliche Fahrt allerdings etwas mehr Zeit als der Bus: bis Oranienbaum 36 Minuten, bis Wörlitz 48 Minuten. Während der Sommerferien wird sogar täglich gefahren. Die Abfahrtzeiten sind im Kursbuch, Strecke 257, zu finden. Da die Abfahrt der **Dessau-Wörlitzer Eisenbahn** in Dessau nicht vom Hauptbahnhof, sondern vom ca. 400 m entfernt gelegenen Wörlitzer Bahnhof erfolgt, planen Sie bitte einen fünfminütigen Fußweg ein.

Wer mit dem Flugzeug kommt, hat die Wahl zwischen den Flughäfen Leipzig, Berlin oder Hannover. Von dort aus per Bahn oder Mietauto. Für Privatflugzeuge steht in Dessau der vor wenigen Jahren wiederhergerichtete ehemalige Werksflugplatz der Junkerswerke zur Verfügung. Für Spezialisten: Frequenz 122,6; Kennung Dessau Info.

Wanderer und Radwanderer finden im Gartenreich Dessau-Wörlitz ein teilweise gut ausgebautes Netz von Wander- bzw. Radwanderwegen (ca. 270 km) vor. Der internationale Radwanderweg R1, der vom nordrhein-westfälischen Höxter bis Frankfurt/Oder verläuft, durchquert auch das Gebiet um Dessau und Wörlitz. Vom Elbpavillon in Dessau bis kurz hinter den Sieglitzer Berg ist die Streckenführung identisch mit dem **Fürst-Franz-Radwanderweg.** Dieser insgesamt 45 km lange Rundweg durch das Gartenreich ist in seinem historischen Abschnitt, der in der Nähe der Elbe verläuft, wohl einer der schönsten Wanderwege, die es zwischen Dessau und Wörlitz gibt: naturnahe, gut ausgebaute Wege, die auch nach drei Tagen Regen noch begehbar bzw. befahrbar sind, sehr schöne Blicke in die Auenlandschaft, in Abständen immer wieder Kulturdenkmale. Auf halbem Weg das Forsthaus Leiner Berg. Nutzen Sie die Rastplätze, besonders idyllisch am Krägen, einem Wasserlauf zwischen Vockerode und Wörlitz.

Unterkunft

Das Angebot an Übernachtungsmöglichkeiten ist vielfältig: Pensionen, Privatzimmer gibt es in allen genannten Orten und auch in einigen Dörfern des Gartenreiches. Nähere Auskünfte und die aktuellen Hotelverzeichnisse erhalten Sie von den Tourist-Informationen in Dessau, Wörlitz und Oranienbaum. Hier werden auch Zimmer vermittelt. In Dessau und Wörlitz besteht die Möglichkeit, Buchungen über das Informations- und Reservierungssystem vornehmen zu lassen. Die einzige Jugendherberge im Dessau-Wörlitzer Gartenreich befindet sich in Dessau.
Campingplätze, auch für Wohnmobile zugelassen, gibt es im Strandbad Adria bei Dessau (zwischen Dessau und Oranienbaum) und am Bergwitzsee (von Wörlitz aus in Richtung Wittenberg). In Wörlitz können Wohnmobile auf dem Parkplatz an der Rousseau-Insel auf eigens ausgewiesenen Flächen abgestellt werden. Wasser und Energieanschlüsse sind vorhanden (keine Entsorgung).

Essen und Trinken

Die anhaltische Küche war einfach und nicht sehr abwechslungsreich, denn es wurde in erster Linie das verbraucht, was die Landwirtschaft hergab. So aß man an Fleischtagen (Dienstag, Donnerstag, Sonntag) meist Rauch- und Pökelfleisch mit Klump (Kloß). Das war ein besonders kräftiges, sättigendes Mahl („Klump füllt den Bauern den Kump“). Sauerkraut war im Winter beliebt. Die Hauptnahrung bestand aus Kartoffeln und Brot. Als „Zubrot“ wurden selbst zubereitete Nahrungsmittel

gegessen: Butter, Fett, Speck, Schinken, Wurst, Käse, Quark, Pflaumenmus und Rübensaft. Das Abendbrot bestand häufig aus Mehlsuppe oder Pellkartoffeln. Auf der Suche nach speziellen Besonderheiten der anhaltischen Küche findet man in immer mehr Gaststätten entsprechend ausgewiesene Angebote auf der Speisekarte. Es gibt Klump-Gerichte in verschiedenen Varianten, z.B. Ziwwelklump (Zwiebelklöße), Rosinenfleisch mit Klump oder Barrnklump (Birnenklöße), Linsen mit Backpflaumen und gebratener Rotwurst, Reisbrei mit Zucker, Zimt und „Bratwurscht" oder Speckkuchen.
Einheimische Getränke sind das Dessauer und das Wörlitzer Bier, verschiedene Obstsäfte aus der Region wie z.B. der Wörlitzer Apfeltraum, der Kräuterlikör *Alter Dessauer* sowie der Halbbitter-Likör *Hobusch* und der Orangenbitterlikör *Oranier*. Weinliebhaber können Saale-Unstrut-Weine genießen.

Hier nun einige Anregungen, wie Sie sich in ein, zwei oder drei Tagen mit dem Gartenreich Dessau-Wörlitz bekanntmachen. Nutzen Sie zur individuellen Gestaltung auch das Informationsangebot der Stadtinformationen in Dessau und Wörlitz.

Gartenreich an einem Tag

Vorschlag 1: Sie erleben einen halben Tag in den Wörlitzer Anlagen. Wählen Sie zwischen einem Parkspaziergang (2 Stunden), einer Gondelfahrt (45 Minuten) und einer Schloßführung (1 Stunde). Der Parkrundgang kann bei der Wörlitz-Information auch als Führung gebucht werden. Einzelgäste können an der öffentlichen Parkführung teilnehmen, die am Nachmittag stattfindet.

Nach dem Mittagessen in Wörlitz unternehmen Sie eine Radpartie auf dem **Fürst-Franz-Weg** zum Park Luisium (ca. 1 Std.). Sie erhalten dabei einen sehr schönen Eindruck von der parkähnlich gestalteten Landschaft. Ihr Weg führt Sie auf dem Hochwasserwall entlang vorbei am Weinberg des ehemaligen Berting-Parks, am Rauhen Wachhaus, am Sieglitzer Berg und am Forsthaus Leiner Berg. Achten Sie jetzt auf den Weg, der zum Luisium führt. Nach der Besichtigung von Landschaftspark und Schloß Luisium (ca. 1 Std.) geht es zurück zum Fürst-Franz-Weg, der in diesem Abschnitt so schön ist, daß man ihn zweimal fahren möchte (ca. 1 Std. Fahrt).

Tip: Falls Sie nicht gern radfahren, sollten Sie die Strecke nach Dessau-Waldersee zum Luisium über Oranienbaum nehmen und sich dort die barocke Stadt- und Parkanlage ansehen (1 Std.).

Vorschlag 2: Sie beginnen den Tag in Dessau-Mosigkau mit der Besichtigung des Rokokoschlosses und der dazugehörigen Parkanlage (2 Std.). Dann fahren Sie ca. 30 Minuten bis Oranienbaum, sehen sich dort das barocke Ensemble an und reisen weiter nach Wörlitz (siehe Variante 1).

Je nach Interesse können in Dessau statt des Schlosses Mosigkau auch die Anhaltische Gemäldegalerie, das Bauhaus oder der Georgengarten mit Beckerbruch besucht werden.

Gartenreich an zwei Tagen

Der erste Tag beginnt mit der Besichtigung von Oranienbaum: barockes Stadtzentrum mit Stadtkirche, Museum (Ausstellung im linken Seitenflügel des Schlosses), Gartenparterre und Inselgarten (chinesischer Teil). Möglicherweise ist auch noch Zeit für einen kleinen Spaziergang im angrenzenden Waldstück (insgesamt 2 Std.).

Nach einem Mittagessen in Oranienbaum oder Wörlitz sollte der Nachmittag den Wörlitzer Anlagen vorbehalten sein. Empfehlenswert sind eine Parkführung (2 Std.), eine Schloßführung (1 Std.) sowie eine Gondelfahrt (45 Min.), die auch als Kaffeefahrt bestellt werden kann. Sollten Sie in Wörlitz übernachten, kann ein Abendspaziergang im östlichen Teil des Parks, der während der Führung nicht gezeigt wird, sehr reizvoll sein.
Für den zweiten Tag sollte eine Stadtrundfahrt bzw. ein Stadtrundgang durch Dessau (ca. 2 Std.) auf dem Programm stehen. Anschließend eine Führung durch die Anhaltische Gemäldegalerie im Schloß Georgium (1 bis 1,5 Std.). Mit der Besichtigung von Schloß und Park Mosigkau sollte das Programm des zweiten Tages beendet werden.
Wer besonderes Interesse am **Bauhaus** hat, kann statt der allgemeinen Stadtrundfahrt auch die thematische Rundfahrt „Bauhaus“ buchen, die neben einer Führung im Bauhaus auch eine Rundfahrt zu den Bauhausbauten (Arbeitsamt, Siedlung Törten, Laubenganghäuser, Stahlhaus u. a.) enthält.

Gartenreich in drei Tagen

Der erste Tag beginnt mit der Besichtigung von Schloß und Park Mosigkau (ca. 2 Std.). An die Mittagspause in Dessau-Mosigkau oder in der Dessauer Innenstadt schließt sich eine allgemeine Stadtrundfahrt durch Dessau (ca. 2 Std.) mit Besuch der Anhaltischen Gemäldegalerie (1 bis 1,5 Std.) an. Alternativ dazu kann auch die thematische Stadtrundfahrt „Bauhaus“ gewählt werden. Für den zweiten Tag schlagen wir einen Besuch im Luisium (1 Std.) und in Oranienbaum (1,5 bis 2 Std.) vor. Der Nachmittag sollte Wörlitz vorbehalten sein (3 bis 4 Std.).
Tip: Für den dritten Tag ist auch eine Kombination von Fahrradtour und Zugfahrt (Fahrzeiten vorher überprüfen!) durch das

Gartenreich sehr schön. Die Abfahrt mit dem Fahrrad erfolgt gegen 8.30 Uhr in Wörlitz. Ziel ist der Kühnauer Park in Dessau. Der Weg führt zunächst auf dem bereits beschriebenen Abschnitt des Fürst-Franz-Weges entlang (s. Vorschlag für einen Tag). Sie biegen jedoch nicht zum Luisium ab, sondern fahren geradeaus, über die erneuerte Jagdbrücke bis zum Landhaus, in dessen Nähe die B 184 überquert wird. Von dort ist es nicht mehr weit bis zum Kühnauer See. Fahrt insgesamt 1,5 bis 2 Stunden. Dem Rundgang im Kühnauer Park könnte ein Picknick vorangehen.
Spätestens gegen 13.00 Uhr sollten Sie zum Bahnhof aufbrechen, denn die Dessau-Wörlitzer Eisenbahn fährt ca. 1 Stunde später ab. Fahren Sie dann bitte ein Stück auf dem Weg zurück, an der Gaststätte Kornhaus vorbei in Richtung Georgium. Nach einiger Zeit gelangen Sie zu den **Sieben Säulen**. Von dort aus folgen Sie der Straße, die ins Zentrum (Hauptbahnhof) führt. Nachdem Sie die Brücke passiert haben, kommen Sie an eine Ampel. Folgen Sie nun der Ausschilderung „Wörlitzer Bahnhof“.
Als Alternative zur Radtour am dritten Tag könnten ein Besuch im Park Luisium, die Bauhaus-Tour und die thematische Rundfahrt „Bauten des Klassizismus im Dessau-Wörlitzer Gartenreich“ in Betracht kommen.

Tips und Termine

Park- und Stadtführungen

Alle Gartenanlagen sind ganzjährig und kostenlos zu besuchen. Individuell oder mit Führung. Folgende Angebote für Gruppen (Zeit nach Vereinbarung) buchen Sie bitte über die Stadtinformationen in Dessau, Wörlitz oder Oranienbaum.

- Allgemeine und thematische Führungen durch die Wörlitzer Parkanlagen (ca. 2 Stunden). **Tip:** Einzelgäste können von Mai–September täglich um 13.30 Uhr unangemeldet an einer zweistündigen Führung durch den Park teilnehmen. Treffpunkt: In der Nähe des Schlosses am Schild „Öffentliche Parkführung". Übrigens: Radfahren ist nicht erlaubt!
- Führungen durch Stadt und Park Oranienbaum (ca. 1 Stunde).
- Allgemeine und thematische Führungen und Rundfahrten in Dessau (ca. 2 Stunden).

Museen Dessau

Schloss Mosigkau

Mai–Sept.: 10.00–18.00 Uhr; April und Okt.: 10.00–16.30 Uhr
Nur mit Führung. Dauer 60 Min. Montag geschlossen.
Tip: Schloßkonzerte von Mai–September.

Mosigkauer Konzertsommer

An verschiedenen Samstagen zwischen Mai und September

Festliches Mosigkau (Konzerte)

1. Septemberwoche

Schloss Georgium (Anhaltische Gemäldegalerie)

Di–So 10.00–17.00 Uhr

Schloss Luisium

Nov.–März Di–So 11.00–16.00 Uhr; April-Okt. Di–So 10.00–18.00 Uhr

Tip: Sehen Sie sich das restaurierte Schlangenhaus und die beiden neugotischen Torwächterhäuser an. Das Schlangenhaus können Sie als Ferienwohnung mieten (Info: Tel. 0340/646150). Garten ganzjährig zugänglich. Sonntagskonzerte im Park (Mai–September).

Bauhaus Dessau

Di–So 10.00–17.00 Uhr

Museum für Stadtgeschichte Dessau, Wolfgangstr. 13

Mo–Fr 9.00–16.00 Uhr; Di 9.00–18.00 Uhr; Fr 9.00–13.00 Uhr-

Kurt-Weill-Zentrum Dessau im Meisterhaus L. Feininger

Di–Fr 10.00–17.00 Uhr; Sa/So 12.00–17.00 Uhr

Museum Oranienbaum

Museum Schloss Oranienbaum

Das Schloß selbst ist nicht zu besichtigen, da die Räume vom Landesarchiv genutzt werden. Im Seitenflügel des Oranienbaumer Schlosses Ausstellung zur Geschichte von Schloß, Park und Stadt Oranienbaum sowie zu den Beziehungen zwischen dem Fürstentum Anhalt-Dessau und den Niederlanden.

Febr.–Okt. Di–So 10.00–17.00 Uhr, Nov.–Jan. Di–So 10.00–16.30 Uhr

Pagode

Mai–Sept. Sa/So 14.00–16.00 Uhr

Internationales Gartenfestival

Information und Ausstellungen in der Orangerie im
Schloßpark Oranienbaum von Juni–September

Museen Wörlitz

Schlossmuseum

April und Okt.: Mo 13.00–16.30 Uhr; Di–So 10.00–16.30 Uhr

Mai–Sept.: Mo 13.00– 18.00 Uhr; Di–So 10.00–18.00 Uhr

Beginn der letzten Führung ca. 1 Std. vor Schließung des Museums.

Museum Gotisches Haus

April und Okt.: Mo 13.00–16.30 Uhr; Di–So 11.00–16.30 Uhr

Mai–Sept.: Mo 13.00–18.00 Uhr; Di–So 11.00–18.00 Uhr

Beginn der letzten Führung ca. 30 Min. vor Schließung des Museums.

Galerie am Grauen Haus

Jährlich wechselnde Sonderausstellungen

April und Okt.: Mo 13.00–16.30 Uhr; Di–So 10.00–16.30 Uhr

Mai–Sept.: Mo 13.00–18.00 Uhr; Di–So 10.00–18.00 Uhr

Sonstiges (Wörlitz)

Fahrzeiten der Fähren

Amtsfähre:

April und Okt.: 10.00–17.00 Uhr; Mai–Sept.: 9.30–18.30 Uhr

Roseninselfähren:

April und Okt.: 10.00–17.00 Uhr; Mai–Sept.: 10.00–18.00 Uhr

Teelaubenfähre:

April und Okt.: 10.00–17.00 Uhr; Mai–Sep.: 10.00–18.00 Uhr

Gondelfahrten

April und Okt.: 10.00–17.00 Uhr; Mai–Sept.: 10.00–18.00 Uhr

Beginn der letzten Gondelfahrt 45 Min. vor Schließung.

Ein Erlebnis besonderer Art: die Wörlitzer Seekonzerte (Mai–Juli). Die Musiker nehmen dabei auf der Amtsfähre Platz, die Zuhörer auf der Gondel. Den stimmungsvollen Auftakt bildet eine Rundfahrt auf dem Wörlitzer See – hier wird ein kaltes Buffet auf der Gondel eingenommen.

Grosse Runde (ca. 2 Std.)

April-Okt., jeden 2. und 4. Montag im Monat, außer Oster- und Pfingstmontag

Kirche mit Turmbesteigung

Ausstellung „Bibelturm“ in der Türmerwohnung, Karfreitag bis Mitte Okt. Di–Sa 11.00–17.00 Uhr, So 11.30–17.00

Gartenreich-Läden

im Küchengebäude neben dem Schloss:

April und Okt.: 10.30–16.30 Uhr; Mai–Sept.: 10.00–18.00 Uhr

Gartensaal des Gotischen Hauses:
April und Okt.: 10.30–16.30 Uhr; Mai–Sept.: 10.00 –18.00 Uhr
Bibliothekspavillon auf dem Eisenhart: Wedgwood-Keramik
April und Okt.: 10.30– 16.30 Uhr; Mai–Sept.: 10.00–18.00 Uhr
Kavalierhaus Schloss Mosigkau
Mai–Sept.: Di–So 10–18 Uhr, April und Okt.: Di–So. 10-16.30 Uhr
Schloss Luisium (ab 1999)
Nov.–März: Di–So 11–16 Uhr, April–Okt.: Di–So. 10-18 Uhr

Wörlitz-Information:
März–Okt.: 9.00–18.00 Uhr; Nov.–Febr.: Mo–Fr 9.00–16.00 Uhr

Fahrrad-Verleih

Dessau Waldersee, Becker&Sohn, Tel. 0340/2160113
Wörlitz, Firma Graul, Tel. 034905/22117, 20564
Gebietsverkehrswacht Oranienbaum, Tel. 034905/40123, 21308

Medizinische Versorgung

Wörlitz, Park-Apotheke, Erdmannsdorffstr. 65,
Tel. 034905/20321
Oranienbaum, Apotheke Gutenberg, Brauerstraße 29,
Tel. 034904/21846, 20337

Hinweis:
Das Gartenreich Dessau-Wörlitz ist behindertenfreundlich ausgerüstet. Entsprechende Informations-Faltblätter erhalten Sie bei den Tourist-Informationen.

Adressen

Weitere Informationen – auch über Theater, Kino, Ausstellungen, Wasserwandern, Schiffsfahrten, Reiten, Kutsch- und Kremserfahrten, Angeln, Kegeln, Rundflüge, Ballonfahrten u.v.a.m. bei:

Fremdenverkerhrsverband Sachsen-Anhalt

Große Diesdorfer Str. 12, 39108 Magdeburg

Tourist-Information Dessau

Zerbster-Str. 2c, 06844 Dessau

Telefon 0340/2041442; Fax 0340/2031142

Wörlitz-Information

Neuer Wall 103, 06786 Wörlitz

Telefon 034905/20216 u. 21704; Fax 034905/20216

Fremdenverkehrsverein Oranienbaum

Schloßstraße 17 (Busbahnhof), 06785 Oranienbaum

Telefon 034904/22033

Kulturstiftung DessauWörlitz

Schloß Großkühnau, 06846 Dessau

Telefon 0340/64615-0; Fax 0340/64615-10

Internet: http://home.t-online.de/home/ksdw

e-mail: KsDW@t-online.de

Durchwahl Öffentlichkeitsarbeit: Tel. 0340/64615-41, 64615-44

Fremdenverkehrsverband Anhalt-Wittenberg e.V.

Albrechtstraße 48, 06844 Dessau

Telefon 0340/2200044, Fax 0340/2400334

T.A.S.A.-Tourismus-Agentur Sachsen-Anhalt GmbH

Große Diesdorfer Straße 12, 39108 Magdeburg

Telefon 0391/7384333, Fax 0391/7384310

Literaturhinweise:

Reinhard Alex

Schlösser und Gärten um Wörlitz, 3. Aufl., Leipzig 1995

Georg Dehio

Handbuch der Deutschen Kunstdenkmäler, Sachsen-Anhalt, Bd. 2, Der Bezirk Halle, Berlin/München 1983

Norbert Eisold

Das Dessau-Wörlitzer Gartenreich: Der Traum von der Vernunft, Köln 1993

Harri Günther

Park Georgium, Dessau 1983

Erhard Hirsch/Sebastian Kaps

Dessau im Gartenreich, Dessau 1994

Uwe Quilitzsch

Wedgwood: Klassizistische Keramik in den Gärten der Aufklärung, Hamburg 1997

August von Rode

Beschreibung des Fürstlichen Anhalt-Dessauischen Landhauses und Englischen Gartens zu Wörlitz, Dessau 1814, (Reprint Wörlitz 1996)

Thomas Weiss (Hg.)

Das Luisium im Dessau-Wörlitzer Gartenreich, München 1998

Ausstellungskataloge

Weltbild Wörlitz: Entwurf einer Kulturlandschaft, Hg. Frank-Andreas Bechthold und Thomas Weiss, Wörlitz 1996

Den Freunden der Natur und Kunst: Das Gartenreich des Fürsten Franz von Anhalt-Dessau im Zeitalter der Aufklärung, hrsg. vom Institut für Auslandsbeziehungen e.V. und der Kulturstiftung DessauWörlitz, Wörlitz 1997

Agnes (Henriette Catharina Agnese), Prinzessin von Anhalt-Dessau (1744-1799)....47,129
Albrecht der Bär, Graf von Ballenstedt und Markgraf der Ostmark, Nordmark und der Lausitz (1100-1170)......36,125,132,143
Alsloot, Denis van (um 1570- um 1626)....93
Amalie, Prinzessin von Solms, Fürstin von Nassau-Oranien (1602-1675)....93,105,140
Anakreon, 2.H. 6.Jh. v. Chr.... 59
Anhalt, Wilhelm Graf von (1727-1760)....75
Anna Wilhelmine, Prinzessin von Leopold von Anhalt-Dessau (1715-1780), ...89ff, 109
Behrisch, Ernst Wolfgang (1738-1809) 74
Berenhorst, Georg Heinrich von (1733-1814)....12,75,113
Bertuch, Friedrich Justin (1742-1822)....74
Boel, Pieter (1622-1674)....93
Boettiger, Carl August (1760-1835)....29,108
Bosschaert, Thomas Willeboirts (1613/14-1654)....93
Bossi, Benigno (1727-1793)....96
Bossi, Carlo....96
Brown, Lancelot „Capability", (1718-1783)....26
Brueghel, Jan d. Ä. (1568-1625)....92,93
Carl August, Herzog von Sachsen-Weimar-Eisenach (1757-1828)....58
Chambers, Sir William (1723-1796)....21,26,46,68,86,126
Christine Amalie, Erbprinzessin von Anhalt-Dessau (1774-1846)....59
Clerck, Hendrick de (168-1625)....93
Clérisseau, Charles-Louis (1722-1820)....61
Damm, Christian Friedrich (1721-1758) 89
Dietrich, Prinzregent von Anhalt-Dessau (1702-1762).....12,79
Döll, Friedrich Wilhelm Eugen (1750-1816)....42,50

Dujardin, Karel (1622-1678) 93
Dyck, Anton van (1599-1641) 92,93,95
Ehrlich, Johann Christian (gest. 1780/81)........................37,47
Eppen, Nathanael...97
Erdmannsdorff, Friedrich Wilhelm von (1736-1800)
....12ff,23ff,81,99,104ff,123,140,144
Eyserbeck, Johann Friedrich (1734-1818) 86,103
Fischer, Johann (tätig zwischen 1770-1798).......................49,58
Friederike Charlotte Ulrike Katharina, Prinzessin
von Preußen (1767-1820)...38,117
Friedrich II., Herzog von Anhalt (1856-1914).............12,50,116
Friedrich Wilhelm, Kronprinz, später Friedrich
Wilhelm II. von Preußen (1744-1797)....................................76
Friedrich Wilhelm, Kurfürst von Brandenburg
(1620-1688)...65
Friedrich, Erbprinz von Anhalt-Dessau (1769-1814)
Fyt, Jan (1611-1661)..93,94
Gilly, Friedrich (1772-1800)...76
Glume, Friedrich Christian (1714-1752)..................................97
Goethe, Johann Wolfgang von (1749-1832)
....11ff,25,48,58,74,83,122,127.140
Goltzius, Hendrick (1558-1617)...93
Hadrian, römischer Kaiser (reg. 117-138)
Hagedorn, Friedrich von 1708-1754).......................................75
Heem, Jan Davidsz de (1606-1683/84) 93
Henriette Catharina, Prinzessin von Nassau-Oranien,
Fürstin von Anhalt-Dessau (1637-1708) 23,65,66,93,140
Herder, Johann Gottfried (1744-1803)..............................59,127
Hesekiel, Georg Christoph (1732-1818)................36ff,124,129ff
Honthorst, Gerard van (1590-1656)...93
Hunold, Friedemann (1773-1840) 54,130

Johann Georg II., Fürst von Anhalt-Dessau (1627-1693) 65,93
Johann Georg, Prinz von Anhalt-Dessau (1748-1811)......60,101
Jordaens, Jacob (1593-1678) 92,93
Karl I., König von England (1600-1649)....................95
Kent, William (1684-1748)....................26,28
Kleist, Ewald Christian von (1715-1759)....................74
Klopstock, Friedrich Gottlieb (1724-1803)....................36
Knobelsdorff, Georg Wenzeslaus von (1699-1753) 89
Knöffel, Johann Christoph (1686-1752)....................91
Knöffler, Gottfried (1715-1779)....................34
Koninck, Salomon (1609-1656)....................93
Leemput, Remigius van (gest. 1675)....................95
Leopold Friedrich, Herzog von Anhalt (1794-1871)...54,117,119
Leopold I., Fürst von Anhalt-Dessau,
der „Alte Dessauer“ (1676-1747)....................25,66,89,140,144
Leopold III.Friedrich Franz, Fürst von
Anhalt-Dessau (1740-1817)................11,23,93,96,98,121ff,140,144
Ligne, Fürst Charles Joseph de (1735-1814)....................11,71
Louise Charlotte, Prinzessin von Sachsen-Gotha 52
Luise Henriette, Fürstin von Anhalt-Dessau....................14,35
Luise Henriette Wilhelmine, Prinzessin von Branden-
burg-Schwedt, Fürstin von Anhalt-Dessau (1750-1811) 81
Marie Eleonore, Herzogin von Radzivill (1672-1756)..........93
Matielli, Lorenzo (gest. 1748)....................119
Mignon, Abraham (1640-1697)....................93
Miller, Sanderson, (1717-1780)....................73
Moreelse, Paulus (1571-1638) 93
Mosczinska, Gräfin 119
Mytens, Daniel (um 1640-1670)....................93
Mytens, Jan (1644-1688)....................93

Neumark, Johann Christian (1741-1811) 27,38
Palladio, Andrea (1508-1580)..71
Pesne, Antoine (1683-1757)...94
Pfeiffer(tätig in Dessau um 1790) 56,106
Post, Pieter (1608-1669) 65
Pozzi, Carlo Ignazio (1766-1842) 67,119,124,131,135,137
Rehberg, Friedrich (1758-1835) 58
Reil, Friedrich (1772-1849)...................................61,122,123,124
Rode, August von (1751-1837).............................34,50,52,111,113
Rousseau, Jean-Jacques (1712-1778) 21,42
Rubens, Peter Paul (1577-1640) 92,93,96
Ryckwaert, Cornelis (+ 1693)...65,66
Sappho (nach 650 v. Chr.) 59
Schinkel, Karl Friedrich (1781-1841) 25
Schoch, Johann George (1758-1826)..........................29,56,103
Schoch, Johann Ludwig d.Ä. (1728-1793) 30,42
Schoch, Luise, Reichsfreifrau von Bäringer (1767-1813).......45
Seghers, Gerard (1591-1651) 93
Simonetti, Giovanni (1652-1716)..67
Stein, Charlotte Ernestine Albertine, Freifrau von (1742-1827) 48
Thulden, Theodoor van (1606-1669).......................................93
Träger, Johann Wolfgang...98
Walpole, Horace (1717-1779)..45
Wilhelm II. von Nassau-Oranien (1626-1650) 93
Wilkinson 60

Heuernte in den Wörlitzer Anlagen

Der Garten zu Wörlitz bey Dessau gehört, im Ganzen betrachtet, zu den edelsten Anlagen in Deutschland, wie der Besitzer zu den besten Fürsten, ein Vater seiner Unterthanen, ein Freund der Menschen und ein Kenner der Künste ... Der Garten ... ist ganz zu der Klasse der angenehmen zu rechnen, reich an Munterkeit und Heiterkeit der Durchsichten.

C.C.L. Hirschfeld, 1782

Schloß Luisium

Dessau-Wörlitzer Gartenreich

Weitere Informationen über das Dessau-Wörlitzer Gartenreich:
Kulturstiftung DessauWörlitz – Hauptverwaltung Schloß Großkühnau 06846 Dess

Telefon: +49 (0340) 6 46 15-0 · Telefax: +49 (0340) 6 46 15-10
Internet: http: //home. t-online.de/home/ksdw - · E-mail: KsDW - @t-online.de

Gesellschaft der Freunde des Dessau-Wörlitzer Gartenreiches e.V.

Werden Sie heute Mitglied und zeigen Sie Ihr Verantwortungsbewußtsein für den Erhalt des kulturellen Erbes und der Natur in der Zukunft.

Gesellschaft der Freunde des
Dessau-Wörlitzer Gartenreiches e.V.
Schloß Großkühnau
06846 Dessau

Tel. (0340) 64615-11 · Fax (0340) 64615-10

n Wörlitz

Sarah's Garten steht ganz in der bekannten Wedgwood-Tradition vorzüglicher Verarbeitung und perfekter Qualität.

Wedgwood-Shop:

illon · auf dem Eisenhart Wörlitz

: · 06786 Wörlitz

Die Gartengegend um Wörlitz ist über alles, was ich je gesehen habe ... Die verschönte Natur in ihrer mannigfaltigen Wirkung thut sich hier auf, für alle, die es werth sind, sie zu lieben. Das schönste sind nicht die Statuen, Büsten, Tempel, der Garten ist das schönste.

J.F. Abegg, 1798

RINGHOTELS

Hotel
» Zum Stein «
Ringhotel Wörlitz

Wir sind ein familiär geführtes Haus, mit 80-jähriger Familientradition.
Unser Hotel liegt ruhig, unmittelbar am Osteingang des
wunderschönen Wörlitzer Landschaftsparkes.
In unserem stilvoll und neu ausgestatteten Restaurant und den Veranstaltungsräumen verwöhnen wir Sie insbesondere mit regionalen Speisen.
Die gediegene Atmosphäre unseres Hauses setzt sich
in unseren Hotelzimmern fort.
Ganz gleich, ob Sie uns allein oder mit Freunden besuchen, Sie finden
bei uns Ruhe und Geborgenheit.

Erdmannsdorffstraße 228 · D-06786 Wörlitz · Telefon (034905) 50-0 · Fax (034905) 50-199
START TOMA/VA: TIBS/Reiseart: HOT/Code: RIN 110143 · Eigentümer: Familie Pirl

Nie verliess ich den Garten zu Wörlitz, ohne die beglückende Stille des Geistes, welche, nach Horazens Ausdruck, Bitterkeiten durch sanftes Lächeln mildert, und die Mutter der ächten Lebensweisheit ist.

F. v. Matthison, 1795

Der Garten zu Wörlitz

Was für ein Zauber weilt auf dieser Stelle ?
welch holder Wahn schleicht in die Brust sich ein ?

S. Mereau, 1800

Rousseau-Insel in den Wörlitzer Anlagen

Blick über den Großkühnauer See auf die Kirche

Meinsdorf
184
Tornau
Rodleben
Neeken
ROSSLAU
187
Brambach
Grenze des Denkmalbereichs
ELBE
Sieglitze
Park
S.7
Mulde
Großkühnau
S.118
Georgium
Luisium
S.80
S.102
Kleinkühnau
DESSAU
185
Fürst-Franz-Radwanderweg
Mildensee
Turm der
acht Winde
Tiergarten
S.90
184
Mosigkau
Kochstedt
Kleutsch
Sollnitz
Möst
Dessau Süd